Irene Dische

Zwischen zwei Scheiben Glück

Irene Dische

ZWISCHEN ZWEI SCHEIBEN GLÜCK

Aus dem Englischen von
Reinhard Kaiser

Carl Hanser Verlag

1. Auflage 2018

ISBN 978-3-446-25864-8

Umschlag: Stefanie Schelleis, München
Illustration: Rotraut Susanne Berner
Satz im Verlag
Druck und Bindung:
GGP Media GmbH, Pößneck
Printed in Germany

FSC
www.fsc.org
MIX
Papier aus verantwortungsvollen Quellen
FSC® C014496

Bis zum 2. März 1944, was eigentlich noch gar nicht so lange her ist, klagte Dr. Nagel, ein unnahbarer, strenger Kleinstadtarzt, gern darüber, dass sein heißblütiger Sohn Laszlo für ihn ein Fremder sei.

»Laszlo ist ein Heißsporn«, murmelte er zum Fenster hinaus in den neuen Morgen, während sich das Hausmädchen neben ihm, das mit dem Knoten seiner braunen Fliege kämpfte, ein wenig duckte.

»Laszlo riskiert zu viel«, sagte er zu der schweren Holztür seines Arbeitszimmers, bevor er eintrat und sein Tagwerk begann.

»Laszlo hat nichts von dem kühlen Verstand mitbekommen, den die Nagels immer hatten«, brummte er in seine Teetasse, wenn er, wie jeden Nachmittag, in seiner Bibliothek saß.

»So ist es immer gewesen mit deinem Vater. Da kannst du froh sein, dass ich mich um dich kümmere«, sagte er zu seinem Enkel Peter. »Laszlo Nagel hat kein Talent zur

Mäßigung.« Dr. Nagel seufzte, von den eigenen Worten gerührt, und streichelte dem Jungen über den Kopf. Der Junge kämpfte mit den Tränen.

Vor nicht allzu langer Zeit war Dr. Nagels draufgängerischer Sohn, der damals noch in Budapest studierte, eines Tages zu Besuch in seine Heimatstadt gekommen. Er blieb nicht lange, aber lange genug, um sich in die sommersprossige, rothaarige Dalia zu verlieben, die Nichte eines Nachbarn, die für längere Zeit aus Deutschland zu Besuch gekommen war. Sie war sechzehn, er zwanzig, und er sagte zu ihr, der Anblick einer so hübschen Kombination von Augen, Nase und Mund könnte ihn blind machen. Der Klang ihrer munteren Stimme könnte ihn taub machen und ihre weiche Hand verrückt. Er zitterte, während er das sagte. Aber kalt war ihm nicht. Sogar sein schwarzes Haar fühlte sich immer warm an.

Dalia hatte keine Chance, ihr eigenes Herz zu befragen – Laszlo überwältigte sie mit seinem. Als er sie ein paar Wochen später wieder besuchte, ließ sie sich von ihm zu einem Kuss in den Garten lotsen und fing dann an zu weinen. Während ihr die Tränen über die Sommersprossen liefen, erklärte sie ihm, schon sein erster Besuch sei sehr fruchtbar gewesen; sie sei schwanger. Er tröstete sie nicht, sondern stürmte nach Hause in sein Zimmer, lehnte sich zum Fenster hinaus und zündete mehrere Feuerwerksknaller, die er sich für einen besonderen Anlass zurückgelegt hatte. An die Hochzeit der beiden konnte sich später der ganze Ort erinnern, weil es so ein fröhliches, ausgelassenes Fest gewesen war. Anscheinend war halb Deutschland in die kleine Stadt geströmt. Selbst Dr. Nagel hatte sich offenbar gut amüsiert.

Dalia zog mit Laszlo nach Budapest. An ihrem siebzehnten Geburtstag kam der rothaarige Peter zur Welt. Dr. Nagel war ein paar Wochen vorher gekommen, um bei der Geburt des Kindes dabei zu sein. Er war ein ausgezeichneter Mediziner und wollte sein Enkelkind keinem anderen Arzt überlassen. Das Baby gefiel ihm. »Ein ruhiges Kind«, sagte er erleichtert. »Es kommt eher auf die Mutter als auf den Vater.« Er hatte den Geldbetrag, den er Laszlo regelmäßig zukommen ließ, schon verdoppelt, jetzt bezahlte er auch noch ein Kindermädchen und eine Haushaltshilfe. Laszlo schloss gerade sein Jurastudium ab. Es war für Dr. Nagel eine Enttäuschung gewesen, dass sein einziger Sohn nicht Arzt hatte werden wollen, aber er beklagte sich nur manchmal darüber und war schließlich vollends besänftigt, als Laszlo mit etwas Glück einen gut bezahlten Posten im diplomatischen Dienst fand. Es war aber nicht nur Glück gewesen. Laszlo Nagel besaß auch Charme und gute Manieren, ein freundliches Gesicht und die Energie eines Optimisten. In einer großen Behörde würde er gut zurechtkommen. Dr. Nagel wollte seinem Sohn zeigen, dass er zufrieden mit ihm war, und machte ihm ein imposantes Geschenk: ein Auto.

Das Auto war schnell, schwarz und glänzend. Laszlo sagte zu Dalia, sie solle dem Kleinen zum Abschied einen Kuss geben, sie würden einen Ausflug mit dem Wagen machen. Er fuhr sehr schnell, und als seine Frau vor Schreck die Augen zumachte, nahm er ihre Hand und drückte sie. »Er ist in allem zu leidenschaftlich«, hatte Dr. Nagel immer geklagt. Vielleicht lag eine Glasscherbe auf der Straße. Einer der Reifen platzte. Mit der linken Hand allein konnte Laszlo das Lenkrad nicht festhalten. Der Wagen prallte gegen einen Baum. Auch Dalias Hand hatte er nicht fest genug gehalten: Dalia wurde getötet. Er selbst kam mit ein paar Beulen und Schrammen davon.

Dalias Tod machte Laszlo Nagel für eine Weile sehr

traurig. Aber dann schlug sein Naturell wieder durch. Er konnte es nicht ändern, er liebte das Lebendigsein. In Budapest galt er schon bald als lustiger Witwer. Er war auch ein lustiger Vater. Manchmal nahm er einen Tag frei, um mit seinem Sohn zu »spielen«. So nannte er es. Andere hätten es eher »Herumtreiben« oder »eine Tour machen« genannt. Er machte mit Peter Ausflüge in Stadtviertel, in die ehrbare Erwachsene keinen Fuß setzten. Er nahm ihn auf die Schulter und drängte sich durch die Menschenmenge, um bei einem Hahnenkampf zuzusehen. Er nahm ihn mit ins oberste Gericht und zeigte ihm anschließend das größte Gefängnis. Auf der Straße plauderte er mit Fremden, die sich seit Monaten nicht rasiert oder gewaschen hatten, oder mit Leuten, die aussahen, als wollten sie gerade eine Bank ausrauben. Gern sagte er: »Ich bin ein Glückspilz.«

Sein Sohn glaubte ihm alles, was er sagte, auch die Geschichte, dass er ihn in einem Spezialgeschäft für rothaarige Kinder gekauft habe. Als Peter ihn bat, dort noch eine Schwester oder einen Bruder zu kaufen, war er sofort einverstanden. Er nahm Peter mit in dasselbe fremde, staubige Städtchen, wo er angeblich vor ein paar Jahren ihn gekauft hatte. Nur konnte er dummerweise den

Laden nicht wieder finden, also gingen sie stattdessen dort auf die Kirmes, das war genauso gut.

Im Frühjahr, als die Heuschrecken in solchen Massen auftraten, dass die Leute von einer Landplage sprachen, beobachtete Laszlo sie ganze Nachmittage lang; er konnte Männchen und Weibchen unterscheiden. Peter sah zu, wie er in den Büschen des kleinen Parks an der Ecke herumstöberte und seine feine Jacke auf dem Boden hinter sich herschleifte.

Peter wusste, dass sein Vater vor nichts Angst hatte, weder vor zähnefletschenden Hunden, von denen sie in irgendeinem Dorf angebellt wurden, noch vor den tadelnden Bemerkungen seines eigenen Vaters, der einmal im Monat übers Wochenende zu Besuch kam und jedes Mal schon am ersten Abend sagte: »Laszlo, das ist unmöglich.«

An diesen Abenden gab Laszlo dem Kindermädchen frei und brachte Peter selbst nach oben zu Bett, obwohl es Dr. Nagel missbilligte. So etwas sei Sache des Personals. Aber Dr. Nagel konnte seinen Sohn nicht davon abhalten, und während Laszlo Peter beim Zähneputzen half, wartete der alte Mann ungeduldig auf die Fortsetzung eines Gesprächs über Laszlos Unzulänglichkeiten. Als sie aus dem Badezimmer traten, legte Laszlo den Kopf schief und horchte auf die Schritte des alten Mannes, der unten im Wohnzimmer hin und her ging. Er runzelte die Stirn, legte sich flach auf den Boden, presste ein Ohr an die Dielenbretter und winkte Peter, er solle das Gleiche tun. Zusammen lagen sie flach auf dem Bauch und lauschten.

»Hörst du deinen Großvater?«, fragte Laszlo. »Wie er hin und her läuft? Kummer Kummer Kummer. Unseretwegen. Ah. Hörst du das Glas? Er ist stehen geblieben und nimmt einen Schluck Kognak. Recht so. Es ist kalt draußen. Und jetzt? Wieder hin und her.«

Laszlo sprang auf, riss seinen Sohn in die Höhe und sagte: »Was liegst du da auf dem kalten Fußboden?« Dann warf er den Jungen ohne viel Umstände in sein Bett, und Peters Gekicher tönte durch das ganze Haus. Die Schritte unten hielten an. »Oh, Himmel, er belauscht uns«, sagte Peters Vater. »Ich bin verloren! ›Vor dem Schlafengehen soll man mit Kindern nur ruhige Dinge machen‹, wird er mir sagen.«

Er setzte sich auf die Bettkante, nahm die Hand seines Sohnes, sah ihm aufmerksam ins Gesicht und flüsterte: »Auf jeden Fall weiß ich, dass du deinen eigenen Kopf haben wirst, wenn du groß bist. Du wirst vor nichts Angst haben. Nicht einmal vor dem Sterben. Aber vor allem wirst du gern leben. O ja, du wirst das Leben genießen. Außerdem hast du klebrige Finger. Wir haben vergessen, dir die Hände zu waschen. Aber das macht jetzt nichts.«

Unten begann Dr. Nagel wieder hin und her zu laufen. Laszlo strich Peter über die Stirn, sah ihm in die Augen und redete flüsternd weiter, über Kunst und Architektur und dass sich manche Leute wie Schweine benähmen, aber so etwas zu sagen wäre den Schweinen gegenüber eigentlich nicht nett. Peter merkte, dass die seltsamen Wörter an der fröhlichen Miene des Vaters nichts änderten, und schlief in der Wärme von Laszlos liebevollem Blick ein.

Als Laszlo Nagel schon seit mehreren Jahren verwitwet und Peter sechs Jahre alt war, schickte er seinen Sohn für ein paar Wochen zu dessen Großvater. Aus den Wochen jedoch wurden Monate, und Peter war alt genug, seinen Vater schrecklich zu vermissen. Im Haus von Dr. Nagel kam er sich vor wie in einem fremden Land mit seltsamen, strengen Sitten, die er erst lernen musste. Die Mahlzeiten in der Küche gliederten die Tage, die er vor allem mit Martha, einem der Hausmädchen, verbrachte. Martha hatte ein langes, mit Pickeln übersätes Gesicht, sehr lange Beine und ein Hohlkreuz. Obwohl sie noch keine zwanzig war, sah sie aus wie eine müde, alte Stute. Sie hielt sich immer ganz genau an die Anordnungen von Dr. Nagel.

»Für Kinder niemals Süßigkeiten!«, sagte Dr. Nagel in sachlichem Ton. Süßigkeiten aß der Teufel. Sie gehörten nicht in die Hände von Kindern.

»Man soll nicht reden, wenn man nichts zu sagen hat«, sagte Dr. Nagel, und dabei schwebte ihm die leise Stimme gleichmäßig aus der Kehle und nahm an Eindringlichkeit weder zu noch ab. »Mittagsschlaf ist von halb eins bis halb drei.«

Da der Doktor es nicht verboten hatte, ließ Martha den kleinen Jungen an ihrem Interesse für die Könige und Königinnen Europas teilhaben und erzählte ihm Geschichten über sie. Aber bevor sie ihn ins Vertrauen zog, sah sie sich jedes Mal um, ob noch jemand lauschte. Für sie war es eine große Ehre, sich um etwas so Seltenes zu kümmern – ein rothaariges Kind mit Sommersprossen.

»Bei mir sind eher die Sommersprossen rot, stimmt's?«, sagte sie lachend und klopfte sich unfroh auf die pusteligen Wangen.

»Zweimal am Tag darf Peter die Katze besuchen«, sagte Dr. Nagel. Zweimal am Tag ließ Martha ihn vorsichtig ins Wohnzimmer, um einen Blick auf Archibald zu werfen, den missmutigen, alten Kater mit dem gefleckten Fell, den man tagein, tagaus immer in der gleichen Sofaecke fand. Archibald mochte keine Gesellschaft. Wenn jemand ihm zu nahe kam, fauchte er und trollte sich.

Einmal am Tag spielte Peter mit Igor, dem Chauffeur, draußen auf dem Rasen Fußball. Igor hatte keine sportliche Statur, sondern Hängeschultern, die keine Uniform aufpolstern konnte, und er watschelte mit seinem Schmerbauch wie eine Ente. Aber er war ein guter Schütze und konnte, so prahlte er immer, seine Bälle platzieren »wie ein junger Gott«. Es machte ihm Spaß, mit dem kleinen Jungen zu spielen. »Einmal am Tag körperliche Anstrengung, das reicht«, sagte Dr. Nagel.

Peter getraute sich selten weiter als bis zum Ende des Rasens auf der einen Seite und bis zum Gartenende auf der anderen. Schon das Nachbarhaus, in dem Peters verstorbene Mutter vor ihrer Hochzeit mit Laszlo mehrere Monate gewohnt hatte, war von Dr. Nagel zum Sperrbezirk erklärt worden, weil die Leute, die dort wohnten, Peter einmal als »armes mutterloses Kerlchen« bezeichnet hatten. Schon bei dem Wort »Mutter« fühlte sich Peter unbehaglich.

Eines Tages entdeckte er auf dem Kaminsims im Wohnzimmer ein Foto seines Vaters. Es war bloß ein kleines Bild in einem goldenen Rahmen, das einen lächelnden Mann mit schwarzem Haar und schwarzen Augen zeigte, und ein Teil seiner Wange wurde von einem rosa Blütenzweig in einer Vase verdeckt, die neben dem Bild stand. Sofort verloren das übrige Zimmer und die übrige Welt alle Bedeutung, alle Farbe, alle Umrisse. Nur auf dieses Gesicht kam es noch an. Aber dieses Gesicht war in einen goldenen Rahmen gesperrt und konnte nicht heraus zu ihm.

Peter war bestürzt über die plötzliche Sehnsucht nach seinem Vater. Hätte er seinem Gefühl einen Namen geben können, hätte er »Liebe« gesagt. Hätte er es beschreiben können, wäre »Leid« das Wort gewesen. Er stand sehr lange vor dem Bild, dann fand ihn Martha dort und reichte ihm eine Banane, um ihn aufzumuntern.

Ihr besorgter Eifer überraschte ihn. Er war so traurig, dass er gar nicht auf den Gedanken kam, jemand anderes könnte bemerken, was er fühlte. Während er die Banane aß, hörte er Martha in der Bibliothek mit Dr. Nagel sprechen, und dann erschien Igor, nahm ihn mit nach draußen und spielte zum zweiten Mal an diesem Tag Fußball mit ihm.

In der Woche darauf fing es überall in Ungarn an zu regnen. Als der Regen nicht aufhörte, tauchte in den Gesprächen das Wort »Hochwasser« auf. Der Fluss werde über die Ufer treten. Die Hausangestellten von Dr. Nagel sprachen leise und ängstlich über die Gefahr einer Überschwemmung. Eines Abends, während eines ohrenbetäubenden Platzregens, stachen die Scheinwerfer von Laszlo Nagels schwarzem Wagen aus der Dunkelheit und tauchten die Haustür in helles Licht. Peter hörte das fröhliche Hupen. Er kletterte auf eine Fensterbank und sah zu, wie sein Vater durch den Regen spazierte. Laszlo hatte einen neuen, karminroten Damenschirm aufgespannt.

Er machte sich nicht die Mühe, den Schirm zu schließen. Er ließ ihn tropfend in der Diele stehen und tanzte mit Peter herum, der vor Glück kaum Luft holen konnte und sich so fest, so für immer seinem Vater um den Hals schlang, wie er nur konnte. Aber er musste wieder loslassen, als Laszlo ihn absetzte, um seinen eigenen Vater zu umarmen. Peter beobachtete das Gesicht von Dr. Nagel, während den die Arme seines Sohnes ihn drückten; der alte Mann zog eine Grimasse.

»Ich mache jetzt einen Ausflug mit dem Kleinen«, sagte Laszlo Nagel. »Auch wenn es schon spät ist. Auch wenn es regnet.« Zu Martha sagte er, sie solle Peter warm anziehen, und führte ihn dann, unter den Protesten seines Vaters, im Schutz des karminroten Regenschirms zum Auto. »Ich muss dir etwas Interessantes zeigen.«

Als sie schon im Wagen saßen, fiel ihm Archibald ein. Er verschwand noch einmal. Peter sah die Haustür zweimal auf- und zugehen, dann war sein Vater wieder da. Unter seiner Jacke beschwerte sich Archibald mit lautem Fauchen. »Es gibt Dinge, die sollte sich auch ein Kater ansehen«, sagte Laszlo Nagel.

Er hatte ein paar Decken dabei, und Peter fühlte sich sehr wohl. Der Regen machte »Schhhhhh«, und der Wagen schaukelte Peter bald in den Schlaf. Als Laszlo seinen Sohn weckte, hatte er angehalten. Das Licht der Scheinwerfer fiel auf eine dunkle, strudelnde Masse vor ihnen. Es war die Donau. »Sieh mal, wie schnell sie fließt«, sagte Laszlo. »Und sie steigt immer höher. Jeden Augenblick kann sie über die Ufer treten.«

Archibald hatte sich auf der Ablage vor der Windschutzscheibe zusammengerollt, seine Augen glitzerten verdrießlich.

»Du hast doch keine Angst?«, fragte Laszlo seinen Sohn.

»Nein.«

»Dazu gibt es auch keinen Grund. Du bist ja bei mir, und ich bin ein Glückspilz.«

Peter war glücklich und hatte keine Angst, während er neben seinem Vater saß und der Wind aufgeregt, aber unbeholfen an ihrem Auto rüttelte. Peter beobachtete in der Dunkelheit seinen Vater, wie er sich nach vorn über das Lenkrad beugte und geduldig auf den Fluss vor ihnen blickte. Und manchmal sah sein Vater zu ihm herüber und sagte etwas. »Viele Dinge sind genau wie dieser Fluss. Damen zum Beispiel haben eine seltsame Art, ihre Größe und ihre Form und ihren Charakter zu verändern. Du wirst es erleben. Manche Länder ebenfalls. Ungarn war früher viel größer, das ist noch gar nicht sehr lange her. Heute ist es bloß ein kleines Land, so groß wie ein Teich. Sieh mal, Peter.« Laszlo deutete auf ein Gebüsch.

»Hinter diesem Gebüsch, wenn du da weitergehst, kommst du nach Deutschland. Sag mal ›Deutschland‹.«

»Deutschland.«

»Sehr gut. Deutschland war früher klein. Es war wie mit dem Wasser hier: Anfangs waren da nur ein paar kleine Bäche, die kamen zusammen und bildeten einen Fluss.

Jetzt ist Deutschland groß, und vielleicht wird es bald noch viel größer. Verstehst du, was ich sage, Peter?«

»Ja.«

»Versuch lieber zu schlafen. Ich weck dich, wenn das Wasser steigt.«

Irgendwann in der Nacht fuhr Laszlo ein Stück weiter. Der Fluss hatte sein Bett verlassen und die Ufer überschwemmt. Als Peter morgens aufwachte, parkten sie auf einer Anhöhe. Die Straße unten lag unter Wasser, und die Bäume sahen kleiner aus als sonst, ihre unteren Zweige hingen in die dicke braune Suppe. Der Vater saß unter seinem roten Regenschirm auf der Kühlerhaube und sah in die Landschaft. Archibald schnurrte. Wahrscheinlich hatte er das Gefühl, dass ihm sowieso nichts anderes übrig blieb. Peter klopfte an die Scheibe.

»Wenn wir nach Hause kommen, wird dein Großvater schon zurechtgemacht für den Tag beim Frühstück sitzen«, sagte Laszlo, während er wieder in den Wagen stieg. »Er wird seinen braunen Anzug und seine braune Fliege tragen. Aber der braune Matsch an diesem Auto wird ihm nicht gefallen.«

Die Rückfahrt war holprig, sie ging durch tiefen Matsch, der immer wieder gegen den Wagen klatschte, was den Mann am Steuer amüsierte, seine beiden Passagiere Peter und Archibald aber beunruhigte.

Dr. Nagel saß beim Frühstück, in seinem feinen braunen Anzug, mit Fliege. Das Hausmädchen beugte sich vor und goss ihm Kaffee ein. Mitten auf dem Tisch stand das Radio. Dr. Nagel war die ganze Nacht aufgeblieben, hatte Nachrichten über das Hochwasser gehört und auf die Rückkehr von Sohn und Enkel gewartet, jetzt war er sehr zornig.

»Du bist ein Fremder für mich«, sagte er zu Laszlo. »Und überhaupt – der arme Kater!«

Martha kam und wollte sich um Peter kümmern, aber Laszlo sagte seinem Sohn, er solle sich setzen und frühstücken, während er selber neben seinem aufgebrachten Vater Platz nahm. »Ich werde Ungarn verlassen«, sagte er.

Man hatte Laszlo Nagel einen Diplomatenposten in Berlin angeboten, in Deutschland.

Das war im Jahr 1938, was eigentlich noch gar nicht so lange her ist, aber damals war vieles anders. Dr. Nagel machte Einwände. Die Deutschen hätten den Kopf voll verrückter Ideen. Es sei gefährlich dort. Sein Sohn Laszlo entgegnete: »Unsinn. Ich bin ein Glückspilz.«

Seinen Sohn nahm er selbstverständlich mit.

Im Spätsommer 1938 holte Laszlo Nagel seinen Sohn Peter bei Dr. Nagel ab. Der Junge krabbelte auf den Rücksitz des Wagens und drehte sich dann nach hinten, um seinem Großvater zu winken. Dr. Nagel betrachtete seinen Enkel und trillerte mit den Fingern in der Luft. Aber er vergaß, sich gerade hinzustellen, und ließ die Jacke offen hängen, sodass Peter sein steifes weißes Hemd und seine Hosenträger sehen konnte und auch, dass der große, alte Kopf aussah, als wäre er zu schwer für den dünnen Hals. Peter fand es plötzlich lieblos, den Großvater einfach zurückzulassen. »Warum kommst du nicht mit?«, rief er durch die Scheibe des Autofensters. Der Großvater machte ein mürrisches Gesicht, legte die Finger auf die Lippen und sagte: »Sei still, Kind.«

Als Laszlo den Wagen anließ, kam Martha aus dem Haus gelaufen, schwitzend vor Entschlossenheit, sodass er den Motor noch einmal abstellen und einen großen roten Stoffbeutel entgegennehmen musste, den sie ihm überreichte.

Im selben Augenblick, als er den Wagen von Neuem startete, kam das Hausmädchen mit Archibald nach draußen, der sich wütend in ihren Armen wand. Dann kam der Gärtner, dann die Köchin, die sich die Hände an ihrer

Schürze abwischte, und schließlich Igor, mit einem Fußball winkend. Als Erste wischte sich Martha Tränen aus den Augen, dann auch die Köchin, während der Gärtner nur zwinkerte, das Hausmädchen Archibald an die Brust drückte, Igor so tat, als wollte er unter den Ball treten, und Dr. Nagel die Lippen zusammenpresste. Eine Bäuerin, die mit einem Korb auf dem Fahrrad die Straße entlangfuhr, hielt an, um zu sehen, was da vor sich ging.

Sie fuhren trotzdem ab, ließen schweigend das Haus hinter sich zurück, fuhren schweigend durch die Stadt. Es war, als wäre der Sommer explodiert. Die Luft war voller Blüten, die durch das offene Fenster hereinregneten. Als sie den Stadtrand erreicht hatten, hielt Laszlo an und seufzte erleichtert. Er öffnete Marthas Beutel, sah hinein und warf ihn dann Peter zu. Der Beutel war vollgestopft mit Süßigkeiten und Schokolade.

»Wir haben eine ziemlich lange Fahrt vor uns bis zu unserem neuen Haus«, sagte Laszlo.

*

Ihr neues Haus in Berlin war überhaupt kein Haus, sondern eine Wohnung in einem großen Gebäude an einer breiten Straße mitten in der Stadt. Laszlo hatte alle Möbel aus Budapest holen lassen, so konnte Peter gleich erkennen, dass die hohen, dunklen Zimmer sein Zuhause waren.

»Diese Stadt gehört uns«, flüsterte Laszlo, »aber die anderen Leute wissen es nicht. Du darfst uns nicht verraten. Tu so, als hätten wir sie nur geliehen.«

Die Stadtluft war kühl, der Himmel bleich, die Straßen voller Autos, und alles war sonderbar – wie konnte ihnen die Stadt da gehören? Die Leute hatten sonderbare Gesichter, und sie waren sonderbar angezogen. Der Hof roch nach Sträuchern und nicht nach Kohl wie die Höfe in Budapest, die Peter so sehr geliebt hatte. Der Hof war groß, und man bekam keine Gespräche der anderen Leute mit wie in Budapest. Aber Peter verstand ja ohnehin nicht, was die Leute sagten. Niemand sprach Ungarisch. In der nahe gelegenen Schule, die er besuchte (sein Vater brachte ihn morgens hin, und Peter genoss jede einzelne dieser köstlichen letzten Minuten mit ihm), sah er zu, wie die Kinder plapperten, und war erschrocken und erstaunt zugleich, dass sie mit den seltsamen Silben, die sie hervorbrachten, etwas anfangen konnten. Er ließ sich von Händen, die ihn am Ellenbogen fassten, in das richtige Klassenzimmer ziehen, saß stumm und starr die Stunden ab und folgte mittags den Fluren zum Ausgang, drückte die riesige Holztür auf und beobachtete die eigenen Füße auf dem Pflaster, bis er den ersten Baum am Straßenrand erreichte und an einer schlanken Frauengestalt hochsah, die jedes Mal unweigerlich dort stand.

Eine Hand wuschelte ihm über den Kopf. Und dann begleitete ihn die Gestalt nach Hause. Es war Thea, die Haushälterin, und auch sie konnte nur diese sonderbaren, sinnlosen Laute von sich geben. Thea hatte zwei dünne blonde Zöpfe, die sie fest um den Kopf gewickelt trug, ein breites weißes Gesicht mit tief liegenden blauen Augen, denen er lieber auswich. Er erkannte sie an dem angenehmen salzigen Geruch und an der Art, wie sie seine Hand nahm und ihre Finger zwischen seine flocht, sodass er nicht einfach loslassen konnte.

Nach ein paar Wochen kamen ihm bestimmte Silben, die regelmäßig auftauchten, vertraut vor, nach einigen weiteren Wochen nahmen sie Bedeutung an. Und bald wechselte er, ohne dass er sich irgendwie Mühe gegeben hätte, in das Reich derer, die Deutsch sprechen konnten.

Mit der Zeit wurde ihm das Haus immer vertrauter. Sein Vater erklärte ihm vieles. Wenn auf der Treppe Schritte nach unten polterten, lehnte er sich zurück, lauschte und hob den Zeigefinger: »Aha. Dr. Schneider von oben geht aus. Dr. Schneider muss man mit Vorsicht behandeln. Dr. Schneider ist nämlich Professor.« Und er erlaubte Peter, die Tür einen Spaltbreit zu öffnen und einen Blick auf den kurz geschorenen blonden Kopf zu werfen, der da nach unten stieg. »Sei höflich!«, sagte sein Vater. Er nahm Peter gern zum Plaudern mit in sein Arbeitszimmer. Peter wusste, wenn sein Vater ein großes Radio mit vielen Knöpfen einschaltete, dann musste er besonders gut aufpassen, was er sagte. Laszlo sprach leise, trotz des Geplärrs aus dem Radio. »Nimm dich in Acht. Halte die Augen offen. Aber lass niemanden merken, dass du einen funktionierenden Verstand hast. Das mögen sie nicht.«

Peter fing an, die Leute zu beobachten. Besonders gern beobachtete er Frau Bilka, die im Erdgeschoss wohnte, von wo aus sie für etwas sorgte, was sie »Ordnung!« nannte. »Hier herrscht Ordnung«, krähte sie immer. Ihre unregelmäßigen braunen Zähne standen dicht an dicht, bis auf eine Lücke zwischen zwei Schneidezähnen, sodass man, wenn sie »Ordnung« oder »Guten Morgen« oder »Guten Tag« oder »Guten Abend« sagte, sehen konnte, wie sich die Zunge in ihrem Mund hin und her schob.

Auch die nähere Umgebung wurde ihm vertrauter. Anfangs war ihm die Straße unten wie eine breite, laute, windige Schneise vorgekommen, voller hin und her rasselnder Autos und fremder Leute, die auf dem Bürgersteig aneinander vorbeidrängelten – ein großes Wirrwarr, in dem es anscheinend dennoch sehr zielstrebig zuging. Aber bald bestand die Straße unten aus vielen kleinen Abteilungen, und jede Abteilung hatte ihre eigene Bedeutung. In dem Haus, in dem Laszlo und Peter wohnten, gab es einen Laden, der rheinische Spezialitäten verkaufte. Das Schaufenster war wie eine Theaterbühne dekoriert, mit Vorhängen zu beiden Seiten einer Gruppe von Weinflaschen und Würsten, die aussahen, als würden sie sich paarweise miteinander unterhalten. Herr Bauer war ein kleiner, dicker Mann mit rheinischem Akzent und einer Fröhlichkeit, die Peters Vater typisch für alle Rheinländer nannte. Seine Finger waren prall und rot wie manche Würste, die er verkaufte.

Herr Bauer war ein guter Freund von Frau Bilka, sie hatten nämlich einen gemeinsamen Feind: die Tauben. Die Tauben bauten ihre Nester in jedem Winkel, und die besten Winkel, die das Gebäude zu bieten hatte, waren auf dem Gesims, das in Höhe des ersten Stocks um das

Haus lief, genau über dem Lieblingsfenster von Frau Bilka, von dem aus sie so gern mit aufgestützten Ellbogen auf die Straße sah, und direkt über dem Laden von Herrn Bauer. Da hockten die Tauben und ließen ihren Dreck und ihre Federn auf die Schaufensterscheibe von Herrn Bauer und auf den grauen Kopf von Frau Bilka regnen. Deshalb starteten die beiden Verbündeten einen Großangriff auf die Vögel und boten ihren ganzen Scharfsinn auf, die Tauben zu vertreiben.

Frau Bilka tat den ersten Schritt. Ihr kleiner Neffe brachte einen ganzen Sonntag damit zu, Glasscherben auf dem Sims auszulegen. Aber den Vögeln machte es nichts aus, auf ihnen zu sitzen. »Jetzt sind Sie an der Reihe, Herr Nachbar«, sagte Frau Bilka. »Ich will doch nicht gleich die Polizei rufen.«

Also blies Herr Bauer eine gewaltige Anzahl Luftballons auf und befestigte sie mit Klebeband am Sims. Aber Frau Bilka sagte: »Das Haus sieht ja aus wie ein Zirkus, Herr Nachbar, so kann das nicht bleiben. Auch wenn ich zugeben muss, es funktioniert.«

Also nahm Herr Bauer die Ballons wieder ab, und Frau Bilka war wieder an der Reihe, sich etwas auszudenken. Der Neffe von Frau Bilka kam noch einmal und legte auf dem Sims Gift aus. Aber den Vögeln schien das Gift prächtig zu bekommen, und wieder war Herr Bauer am Zug.

Jeden Morgen, bevor er seinen Laden öffnete, klappte er nun seine Leiter vor dem Schaufenster auf, und man konnte seine Knie ächzen hören, wenn er mit einem Besen hinaufkletterte und, auf der obersten Sprosse schwankend, das Sims über seinem Laden fegte. Dann stieg er herunter, klappte die Leiter zusammen und schleppte sie zum Fenster von Frau Bilka. Dort öffnete er sie noch einmal, kletterte noch einmal hinauf und fegte, noch einmal schwankend, das Sims. Danach dauerte es immerhin einen Tag, bis die Tauben zurückkamen. So war das Problem gelöst, es sei denn, Frau Bilka wäre eine bessere Idee gekommen. Aber ihr kam keine. Ihr war das Arrangement sogar sehr recht. »Sie dürfen mir bloß nicht sterben, Herr Bauer«, sagte sie manchmal. »Diese Tauben würden mich lebendig auffressen.«

»Lach nicht über die Nachbarn«, ermahnte Laszlo seinen Sohn, während im Hintergrund das Radio lärmte. »Versteck deine Gedanken, als wären sie die Juwelen der Königin.«

Peter lachte nicht über Frau Bilka, sondern verzog jedes Mal, wenn er an ihr vorüberging, den Mund zu einem breiten Lächeln. Er machte es genau wie sein Vater, der immer ein breites Lächeln aufsetzte, wenn er sich mit jemandem nicht abgeben wollte. Lächeln war einfach, und niemand konnte etwas dagegen haben. Peter war guter Dinge. Je vertrauter ihm die Stadt wurde, desto besser gefiel sie ihm. Er erkannte die Uniformen, die die Leute trugen – nicht nur die Polizisten, die Postboten und die verschiedenen Arten von Soldaten, auch die Kinder. Er bewunderte die hübschen roten Fahnen, die überall hingen, mit einem lustigen Zeichen in der Mitte, das man Hakenkreuz nannte. Auch sein Vater trug oft ein Hakenkreuz an der Jacke. Das Hakenkreuz gefiel Peter so gut, dass er die ungarischen Bilderbücher, die er von zu Hause mitgebracht hatte, mit ihnen vollmalte, bis er sie zuletzt gar nicht mehr ansehen konnte. Aber Hakenkreuze zu malen war vertrackt. Fast immer zeigte mindestens ein Haken in die falsche Richtung.

Wieder vergingen ein paar Wochen, jetzt kannte er schon die einzelnen Risse im Bordsteinpflaster. Er wusste, wie seine Straße mit anderen Straßen verbunden war und wie die anderen Straßen mit dem Zoo und dem Bahnhof verbunden waren. Und als sein Vater sagte:

»Jetzt gehört uns diese Stadt wirklich, verstehst du?«, da war er stolz auf ihr gemeinsames Geheimnis.

Die Zeit ohne seinen Vater hatte ihn verschreckt, und wirklich glücklich fühlte er sich nur, wenn sein Vater in Reichweite war. Er akzeptierte, dass das nicht immer so sein konnte. Und also fand er sich mit Thea Schmidt ab, der Stellvertreterin. Sie war eine durchaus warmherzige, aber übellaunige Frau. Einmal, als Peter ein Glas Milch verschüttet hatte, fuhr ihre Hand von hoch oben herab und prallte gegen seine Backe. Nachher entschuldigte sie sich nicht etwa oder tröstete ihn, sondern schnaubte vor Empörung und zischte: »Das wird dir eine Lehre sein.« Innerhalb weniger Tage gehörte diese Form von Erziehung, die sie »Ohrfeigen« nannte, zum Alltag. Peter gewöhnte sich bald an das Stechen, daran, wie ihm nachher die Ohren klangen, und an den roten Fleck, der auf seinen Wangen zurückblieb.

Thea Schmidt wollte nicht grausam sein. Sie litt nur unter einem Mangel an etwas, was Geduld hieß – und eigentlich war dieser Mangel bloß eine ziemlich komische Form von Hilflosigkeit. Immerhin ließen sich ihre Launen voraussagen. Wenn Peter sich schlecht benahm, erwischte es ihn. Aber Thea beschützte ihn auch. Wenn ihn etwas bedrückte, sagte er es ihr, und sie sorgte für Abhilfe. Als ein Mitschüler ihn wegen seiner roten Haare aufzog, wartete sie am nächsten Morgen vor dem Eingang der Schule, bis der Junge vorbeikam, und zischte ihn an: »Peter ist neu hier. Kümmere dich um ihn, sonst bekommst du es mit mir zu tun.«

Der Junge wurde Peters Freund, soweit Peter sich überhaupt mit jemandem anfreundete. Gegenüber Kindern in seinem Alter blieb er schüchtern. Er liebte seinen Vater so sehr, dass ihm kaum Kraft für andere Menschen blieb. Nur um Thea kam er nicht herum. Bald fing er an, sie zu bewundern.

Als Dr. Schneider, der Professor von oben, sie und Peter eines Morgens auf der Treppe überholte und zu Thea sagte, sie als »gutes deutsches Mädel« sollte doch nicht für Ausländer arbeiten, da wurde sie still und sagte auf dem ganzen Weg zur Schule kein Wort mehr. Peter fragte sie, was denn los sei, aber sie drückte nur seine Hand und schüttelte den Kopf. Ihre blauen Augen sahen undurchsichtig aus. Peter fiel auf, dass Dr. Schneider, der große, stattliche blonde Mann mit dem flachen Hinterkopf, ganz ähnliche blaue Augen hatte. Am nächsten Morgen nahm Thea eine Gießkanne mit nach unten. »Die Hecke vertrocknet«, erklärte sie, und Peter musste warten, während sie die Hecke goss. Als sie Dr. Schneider die Treppe herunterkommen hörte, zögerte sie, und als er auf dem schmalen Weg vor dem Haus (Frau Bilka hing im Fenster und sah zu) an ihr vorüberging, drehte sie sich um, stieß mit ihm zusammen und stolperte so, dass sich der ganze Inhalt der Gießkanne über seinen Anzug ergoss.

»Tut mir wirklich leid!«, rief sie. Der Professor war durchnässt. Unbekümmert stellte Thea die Kanne ab, streckte die Hand nach Peter aus und zwinkerte ihm zu. »Wir sind spät dran, wir müssen uns beeilen.«

Auf Thea war Verlass, nie vergaß sie etwas, nie ging sie weg, und wenn sich ihre Hand auf seiner Wange auch hart anfühlte, war doch alles andere an ihr weich und hübsch und pünktlich. Und sobald Laszlo Nagel nach Hause kam, wurde sie freundlicher und war überhaupt nicht mehr ungeduldig oder schlecht gelaunt. Am frühen Abend zog sie sich diskret zurück und mischte sich nie in die Art ein, wie er sein Leben lebte.

Laszlo Nagel hasste jede Art von Regelmäßigkeit. Gegessen wurde, wenn sie Lust dazu hatten. Oft kauften er und Peter sich unten bei Herrn Bauer Wurst, bestiegen eine Straßenbahn und fuhren essend in ihr umher. Sobald der letzte Bissen vertilgt war, läuteten sie die Glocke zum Zeichen, dass sie bei der nächsten Haltestelle aussteigen wollten. »Die Wurst bestimmt unsere Route«, sagte Laszlo, der nie ohne Stadtplan, Taschenmesser, Flaschenöffner und ein paar Stücke Lakritz aus dem Haus ging. Er liebte Lakritz. »Die Welt teilt sich in Leute, die Schokolade lieben, und Leute, die Lakritz lieben«, sagte er. »Ist dir das schon mal aufgefallen?«

Er ging gern mit Peter ins Kino oder in den Zirkus. »Starke Männer«, sagte er, »brauchen jede Woche wenigstens einen Abend im Kino und jeden Monat einen Nachmittag im Zirkus.«

Manchmal sagte er: »Komm, wir ziehen uns schick an und gehen ganz fein essen.« Danach verbrachte er viel Zeit vor dem Spiegel, er legte nämlich großen Wert auf sein Äußeres, kämmte sich das dichte schwarze Haar und zog die Krawatte glatt, die er sich zur Feier des Tages umgebunden hatte. Auch für Peter hatte er einen Anzug gekauft, dazu einen dunkelblauen Lodenwintermantel mit Hornknöpfen, genau wie seiner sie hatte. Abgesehen von dem Unterschied in der Haarfarbe sahen sie jetzt fast gleich aus, fand Peter.

Oft stellte sich heraus, dass sie eingeladen waren.

Laszlo führte seinen Sohn bei solchen Anlässen in aller Form ein: »Ich habe mir erlaubt, Peter Nagel mitzubringen.« Oder: »Darf ich Ihnen Peter Nagel vorstellen?« Und immer saß Peter rechts neben seinem Vater. Er machte es wie dieser und sprach über das Wetter und über Sportereignisse. Außerdem achtete er auf amüsante Einzelheiten, die er seinem Vater später erzählen konnte. Die Krawatte von Herrn Herrmann zum Beispiel hatte eine ganze Minute in dessen Suppe gehangen, bis Herr Herrmann sie verstohlen herauszog, und dann war ihm die Suppe von der Krawatte auf die Hose getropft. Mit fortschreitender Zeit wurden solche Partys jedoch langweilig, ein Streichquartett spielte, oder das Gespräch nahm kein Ende und schläferte Peter ein. Aber die Zeit schien auf seiner Seite zu sein. Ihm zuliebe verkürzte sie sich. In dieser Minute hatte er noch in einem Zimmer voller Menschen gesessen, in der nächsten trug ihn sein Vater schon durch die Nacht und legte ihn auf den Rücksitz des Wagens.

Eines Abends beschloss Laszlo, Peter in einen Nachtclub mitzunehmen.

In dem Club wimmelte es von Frauen in schönen Kleidern und Männern in Uniform, die tanzten oder in Gruppen um glänzende schwarze Tische saßen. Auf jedem Tisch stand ein Telefon, und Leute, die einander nicht kannten, konnten sich einfach anrufen und miteinander plaudern.

Peter und sein Vater setzten sich an einen Tisch. Dann sagte Laszlo, Peter solle bestellen. »Ich spreche Deutsch nur mit ausländischem Akzent, du nicht«, erklärte er, »und solche Akzente mögen sie hier nicht.« Als der Kellner kam, tat Laszlo, als wäre er taubstumm, und Peter bestellte für sie beide Saft statt einmal Wein, und sein Vater kniff ihn unter dem Tisch wütend ins Bein.

Bald klingelte das Telefon. Zwei Frauen vom Nebentisch meldeten sich. »Sie sind ja gar nicht in Uniform«, sangen sie in den Hörer. »Was machen Sie denn hier?«

»Wir warten auf einen Tanz mit Ihnen«, erwiderte Laszlo, der plötzlich keine Bedenken mehr hatte wegen seines Akzents.

Die beiden Frauen standen auf, und man sah ihre dunklen, wehenden Kleider. Sie sahen aus wie Geier, als sie so herüberstelzten. Mutter und Tochter. Beide rochen, als kämen sie gerade aus einer Rosenlaube. »Dann lassen Sie uns doch tanzen!«, sagten sie.

Und schon hatte die Jüngere Laszlo gepackt, während

ihre Mutter eine Hand mit roten Fingernägeln nach Peter ausstreckte. Sein Vater war bereits auf dem Weg zur Tanzfläche, so blieb Peter keine Wahl. Er überließ seine Hand der Klaue und ließ sich wegführen. Die Mutter tanzte vorsichtig mit ihm, zeigte ihm die Schritte, aber nach einer Weile hob sie ihn hoch in die Luft, drückte ihn an ihren Busen und tanzte mit ihm, während sie ihn auf dem Arm hielt.

»Kleiner Mann«, fragte sie, »wo ist denn deine Mutter?«

»Ich habe keine«, sagte Peter und strampelte sich aus ihrem Griff frei, dass er fast auf den Boden gefallen wäre.

Sie hielt ihn jetzt an den Fingerspitzen gefasst und schlurfte auf der Tanzfläche dahin. »Seid ihr deshalb in Berlin? Auf der Suche nach einer Mutter?«

»Aber nein!«, sagte Peter und bewegte sich mit. »Nein! Wir wohnen jetzt hier.«

»Habt ihr viel Geld?«, fragte sie.

»Ja«, sagte er.

»Wie schön«, entgegnete sie. »Das würde ich gern mal sehen. Aber jetzt bin ich müde. Ich heiße Frau Weltecke. Und wie heißt du?«

Sie setzten sich alle zusammen an den Tisch, und diesmal bestellte Laszlos Tanzpartnerin, Fräulein Weltecke, eine Flasche Wein. Sie war noch neugieriger als ihre Mutter.

»Welchen Beruf haben Sie?«, wollte sie von Laszlo wissen.

»Ich bin Spezialist«, erwiderte der. »Ingenieur. Ich baue U-Bahn-Tunnel und Kanäle für Deutschland. Die Einzelheiten wollen Sie bestimmt nicht hören, das ist alles sehr langweilig. Ich arbeite schwer. Mein Sohn ebenfalls. Er geht zur Schule. Wir haben kaum Zeit, uns mal zu amüsieren. Deshalb ist es ein großes Vergnügen für uns, die Bekanntschaft von zwei so schönen Frauen wie Ihnen zu machen.«

Peter wollte schon gegen das Geflunker seines Vaters protestieren, doch dann besann er sich. Er wusste nicht, warum, aber er hatte plötzlich Angst. Als sich Frau Weltecke zu ihm herüberbeugte und fragte: »Habt ihr ein Auto?«, entgegnete er einfach: »Aber nein.«

»Ihr habt kein Auto …«, murmelte sie verdutzt. »Kein Auto und keine Mutter. Und wahrscheinlich auch kein Bankkonto.«

Das hörte Laszlo und mischte sich ein. »Aber selbstverständlich haben wir ein Bankkonto. Obwohl Ungarn wie wir heutzutage eigentlich keins haben dürfen. Und bald werden wir uns wohl einen Deutschen suchen müssen, dem wir unser Geld einfach schenken können. Ich glaube, für Ausländer ist es heutzutage das Beste, wenn sie ihr Geld wegschenken. Der neue Besitzer gibt ihnen dann gelegentlich, wenn sie wirklich dringend etwas brauchen, ein bisschen davon zurück. Stimmt's? Ein Auto haben wir übrigens auch. Soll ich die Damen vielleicht nach Hause fahren? Wir müssen nämlich jetzt aufbrechen.« Mutter und Tochter sahen einander an und nickten. So gingen sie zusammen weg.

»Was für ein Wagen!«, riefen die beiden, obwohl es ein ganz gewöhnlicher Wagen war.

Frau Weltecke setzte sich nach vorn neben Laszlo und Fräulein Weltecke nach hinten neben Peter. Schon durch die Seitenstraßen fuhr Laszlo sehr schnell, bis er eine breite, kaum befahrene Hauptstraße erreichte, die durch einen Park führte. Hier beschleunigte er noch einmal. Frau Weltecke lehnte sich nach hinten, schloss die Augen und gab ein Wimmern von sich, während auf dem Rücksitz Fräulein Weltecke nach Peters Hand schnappte und sie sich vor die Augen hielt.

Alle wurden nach vorn geworfen, als Laszlo scharf bremste und mit quietschenden Reifen vor dem Haus zum Stehen kam, dessen Adresse die Frauen genannt hatten. Beide stießen das gleiche erleichterte Stöhnen aus, schoben sich umständlich aus dem Auto und schlugen dann beleidigt die Türen hinter sich zu.

Laszlo trat wieder auf das Gaspedal und brachte den Motor vom Straßenrand weg so auf Touren, dass es Peter nach hinten warf. Der Junge duckte sich.

»Hast du etwa Angst vor dem Sterben?« Sein Vater tat erstaunt.

Dann fuhr er langsamer. »Es tut mir leid, dass ich dich erschreckt habe«, sagte er aufrichtig. »Ich wollte vor den Damen ein bisschen angeben. Damit sich der Abend am Ende auch gelohnt hat. Ich fand es interessant, dass zwei ganz normale Kerle wie wir sich in einem Nachtclub für hochrangige Nazis amüsieren können.«

Peter wusste, was Nazis waren. Sie waren die Chefs in Deutschland und bestimmten alles. Die Leute sprachen oft über sie, und wenn sie das Wort »Nazi« benutzten, klang es immer überschwänglich und stolz. Peter hatte schon viele Bilder des Chefs aller Nazis gesehen. Er wurde der »Führer« genannt, ein kleiner, untersetzter Mann mit dunklem Haar, der ihn angenehm an Igor, den

Chauffeur seines Großvaters, erinnerte, nur dass Igor ein ruhiger, freundlicher Mann war, während der Führer leicht zornig wurde. Oft hörte Peter ihn im Radio schimpfen. Aber die Leute liebten ihn so sehr, dass sie sich zu Tausenden versammelten, bloß um ihn reden zu hören. Und wenn er anfing, wirklich laut zu schimpfen, dann jubelten sie.

Da der Führer offensichtlich ein netter, wenn auch etwas kauziger Mann war, wunderte sich Peter, als sein Vater einmal meinte: »Mit kleinen Fischen wie uns werden sich die Nazis gar nicht abgeben.« Aber seine Verwunderung machte entschiedenem Einverständnis Platz, als sein Vater hinzufügte: »Und außerdem amüsieren wir beide uns hier doch ganz prächtig, oder?«

Nur selten ging Laszlo abends ohne Peter aus, aber wenn er es tat, dann durfte Peter, einer eisernen Regel folgend, seinen Vater am nächsten Morgen wecken, gleichgültig, wie spät der nach Hause gekommen war, und Laszlo erzählte ihm von seinem Abend, von der Party, auf der er gewesen war, von den Leuten, die er dort getroffen hatte und was es zu essen gegeben hatte. »Gestern Abend habe ich Taube gegessen. Herr Bauer und Frau Bilka würden mir gratulieren. Gebratene Taube. Und ein Bankdirektor hat mir Tipps gegeben, was ich mit meinen Millionen tun soll.«

Manchmal brachte sein Vater die eine oder andere Bekanntschaft vom letzten Abend mit nach Hause, damit auch Peter sie kennenlernen konnte. Peter fand diese Leute morgens im Bett seines Vaters, mal Männer, mal Frauen, aber alle waren sie freundlich und blieben nie lange, erhoben keine Ansprüche auf Laszlo Nagel. Das hätte Thea auch nicht geduldet. Sie behandelte die Besucher schlecht, mit ausgesuchter Unhöflichkeit, damit sie auch ganz bestimmt nie wieder auftauchten.

*

Der Herbst kam. In Berlin war er kälter, als er in Budapest gewesen war. Peter lernte Lesen und Schreiben, und sein Vater interessierte sich für die Fortschritte, die er machte. Er brachte ihm auch bei, wie man Ungarisch las. »Ich will nicht, dass du das Ungarische vergisst«, sagte er.

In der ersten Novemberwoche froren alle Seen zu. Thea beschwerte sich: »Der Himmel lockt die Leute mit seinem strahlenden Blau nach draußen, bloß um sie zu ärgern.« Sie kochte jeden Tag heiße Suppe und bestand darauf, dass Peter und Laszlo sie zum Abendbrot aßen.

Peters Vater blieb jetzt an den Abenden sowieso gern zu Hause und hörte Radio.

An einem Mittwochnachmittag ging Thea nach der Schule mit Peter ins Kino. Er wusste, es gab irgendeine Erklärung für diese Lustbarkeit mitten in der Woche, aber zuerst wollte Thea nicht mit der Sprache heraus. Sie war sehr munter, und schließlich gestand sie: »Heute ist mein Geburtstag. Der 9. November. Ein ganz besonderer Tag.«

Es war Peter noch nie in den Sinn gekommen, dass auch Thea jemand war, der irgendwann Geburtstag haben könnte.

Der Film war ein Lustspiel, der Saal bis zum letzten Platz mit ausgelassenen Zuschauern gefüllt. Alle fanden die gleichen Stellen lustig und lachten einstimmig, ein Lachen wie Donnergrollen. Nach dem Film wunderte sich Peter, dass es draußen schon dunkel war. Bevor sie in ihre Wohnung hinaufstiegen, ging Thea noch kurz bei Herrn Bauer vorbei und kaufte Likörpralinen: »Die schenke ich mir selbst.« Herr Bauer seufzte mehrmals und drückte sich die dicken roten Finger an die Stirn. »Ich bin heute ein bisschen nervös«, sagte er, »wegen der Lage.« Peter wusste nicht, was eine »Lage« war, aber er ahnte, dass es etwas Unerfreuliches sein musste, und versuchte, Herrn Bauer aufzumuntern.

»Heute ist Theas Geburtstag!«, sagte er.

Sein Trick funktionierte. Herr Bauer begann zu strahlen und drückte Thea eine Flasche Champagner in die Hand. »Ich wollte Ihnen schon immer mal etwas schenken«, sagte er.

Thea war dabei, das Abendessen zu machen, als Peter draußen auf der Straße Geräusche von einem festlichen Treiben hörte. Es schienen viele Menschen daran teilzunehmen. Er lief in die Küche und überbrachte Thea die schmeichelhafte Nachricht, die ganze Stadt feiere ihren Geburtstag. Sie stand am Herd, und er zog an ihrem Rock. »Hör es dir an!«, sagte er. »Nur für dich!«

Sie drehte sich um und sagte: »Unsinn!« – in einem so ärgerlichen Ton, dass Peter zusammenzuckte und schon mit einer Ohrfeige rechnete.

Sein Vater kam spät, sehr spät nach Hause, mit einem prachtvollen Blumenstrauß und einer Schachtel Pralinen für Thea. Er überreichte sie ihr mit jenem breiten Lächeln, das sämtliche weißen Zähne zum Blitzen brachte und Geistesabwesenheit bedeutete. »Herzlichen Glückwunsch zum Geburtstag, liebe Thea«, sagte er. »Und jetzt musst du mich bitte entschuldigen.« Er eilte in sein Zimmer und stellte das Radio an. Konzentriert saß er da. Er hatte nichts dagegen oder merkte gar nicht, dass Peter an der Tür lauschte. Ein hoher deutscher Beamter war in Paris von einem Juden ermordet worden. Alle Juden der Welt würden dafür zur Verantwortung gezogen. Sie würden ihre Strafe bekommen.

»Papa, habe ich schon mal einen Juden gesehen?«, fragte Peter und schob sich ins Zimmer. Er glaubte nicht, dass er schon mal einen gesehen hätte, und hatte es oft bedauert. In der Schule lachten die Kinder viel über die Juden. Einmal hatte die Lehrerin Bilder von ihnen an die Tafel gezeichnet: runde Köpfe mit Korkenziehernasen. Sie hatte der Klasse ein kleines Gedicht beigebracht, in dem es darum ging, dass man einem Juden niemals trauen soll. Peter hätte gern mal einen dieser dicken Männer mit den seltsamen Nasen gesehen, die die ganze Welt beherrschen wollten – er hätte ihnen die Zunge herausgestreckt.

Sein Vater schaltete das Radio ab und setzte ein amüsiertes, freundliches Gesicht auf. »Einen Juden gesehen? Also, ich weiß nicht, vielleicht, wer weiß?« Und dann fügte er hinzu: »Lass uns was essen. Wir müssen einen Geburtstag feiern.«

Viel später, als die meisten Leute längst schliefen, wurde die Nacht lauter und weckte Peter. Er kroch aus dem Bett. Die Uhren tickten. Er ging zur Balkontür und öffnete sie. Eiskalte Luft hüllte ihn ein. Er hörte das Getrappel rennender Füße und Rufe. Auf einer Seite war der Himmel angezündet. Die anderen Leute feierten immer noch Theas Geburtstag. Peter gefiel die Vorstellung, dass es so ein wichtiges Ereignis war. Dann hörte er, wie sich die Tür von Theas Zimmer öffnete. Sie kam zu ihm auf den Balkon, das blonde Haar offen über den Schultern, und brachte Wärme und ihren angenehmen Duft mit. Sie blickte in den Himmel. Aber was sie sah, gefiel ihr nicht. Sie nahm Peters Hand und flocht ihre Finger zwischen seine. »Das ist alles ausgesprochen lächerlich«, murmelte sie. »Komm rein und leg dich schlafen.«

Als er schon fast wieder eingeschlafen war, krachte unten im Haus etwas. Peter nahm seine Bettdecke um die Schultern und schlich hinüber ins Wohnzimmer. Dort machte er es sich in einem Sessel bequem. Schritte trampelten treppauf, treppab. Anscheinend hatte Dr. Schneider Gäste. Peter hörte oben ein Schlagen, gedämpfte Rufe und etwas, was wie Keuchen klang. Aber die Nacht wollte nicht, dass Peter lauschte, die Nacht schickte ihren

Wächter, den Schlaf, der ihn gerade so, wie er in seinen Sessel gekuschelt saß, überwältigte.

Am nächsten Morgen wachte er unter den Liebkosungen seines Vaters auf und saß noch immer aufrecht im Sessel. Laszlo wunderte sich nicht darüber, dass Peter im Wohnzimmer geschlafen hatte. »Letzte Nacht ging es hoch her«, sagte er. »Heute fällt die Schule aus.«

Er selbst sah ebenfalls keinen Grund, zur Arbeit zu gehen. Das Fest war anscheinend noch nicht zu Ende. Auf den Straßen drängten sich die Feiernden. Thea briet Eier und schimpfte, sie würden nach Rauch schmecken, weil die Luft jetzt voller Rauch war. »Geht bloß nicht noch mal auf den Balkon«, befahl sie und behandelte auch Laszlo, dessen Angestellte sie doch war, wie ein Kind.

Aber Laszlo nahm Peter mit auf den Balkon, und als sie zusammen über das Geländer nach unten spähten, sahen sie, dass der Gehweg vor dem Haus mit Glasscherben übersät war.

»Ihr beiden geht mir heute nicht vor die Tür«, sagte Thea in unverhohlenem Kommandoton. Aber da zog sich Peters Vater schon den Mantel an. Auch Peter schlüpfte in seinen Mantel, und dann liefen sie nach unten. Die Glasscheibe von Herrn Bauers Schaufenster war auf die Straße gefallen, die Scherben lagen vor dem Laden verstreut, und obenauf ein Berg zerschlagener Weinflaschen. Die Tauben schwelgten in der Verwüstung. Sie watschelten in dem zerbrochenen Glas umher, wackelten seltsam mit den Köpfen, plusterten sich auf, torkelten und tanzten. Sie hatten sich den Inhalt der Flaschen einverleibt. Sie waren betrunken.

Frau Bilka versuchte sie mit ihren großen Händen zu verscheuchen, aber die Tauben ließen sich nicht beeindrucken. »So ein Durcheinander!«, fuhr sie zwei Männer in braunen Uniformen an, die gerade mit Besen kamen. »In diesem Haus herrscht Ordnung!« Die beiden Männer hatten offenbar den Befehl, die Straße zu kehren. Während sie das Glas zusammenfegten, trat Frau Bilka auf sie zu und sagte: »Wo ist Herr Bauer, wenn ich fragen darf?«

Die beiden Uniformierten zuckten die Achseln und schüttelten die Köpfe, worauf Frau Bilka lauter und mit vor Aufregung ganz rauer Stimme wiederholte: »Ich habe Sie gefragt, wo Herr Bauer ist?«

»Immer mit der Ruhe, gute Frau«, murmelten die beiden und fegten weiter.

»Dann sorgen Sie wenigstens dafür, dass die Tauben

hier verschwinden«, sagte sie wütend. »Wenn sich Herr Bauer schon nicht darum kümmern kann.«

Sie erblickte Laszlo, kam zu ihm und schimpfte: »Ich weiß genau, wo Herr Bauer ist. Sie haben ihn in den Kanal geworfen. Aber er kann nicht schwimmen.«

*

Peter und sein Vater fuhren mit der Straßenbahn durch die Stadt. »Herr Bauer ist bestimmt ganz nass geworden«, sagte Peter.

Sein Vater antwortete nicht. Überall in der Stadt waren Schaufenster eingeschlagen. Polizisten standen vor den Geschäften und hinderten die Kunden daran, sie zu betreten. Nicht weit von der größten Straße der Stadt schlugen Flammen aus einem Gebäude. Feuerwehrleute standen davor und sahen zu – mit schlaffen Schläuchen in den Händen, als wäre ihnen gerade das Wasser ausgegangen. Aber die Feuerwehrleute sahen nicht aus, als wären sie deswegen beunruhigt. Eine staunende Menschenmenge hatte sich versammelt. »Ist das nicht schön?«, rief ein kleines Mädchen. Aus dem Haus nebenan führten mehrere Männer in schwarzen Uniformen einen Mann ab. Plötzlich stolperte er. Die Männer in Uniform umringten ihn. Peter konnte sehen, wie ihre Beine nach innen fuhren, als würden sie nach etwas treten. Die Mutter stemmte ihr kleines Mädchen in die Höhe, damit es besser sehen konnte. Aber der Mann war schon wieder auf den Beinen, und die kleine Gruppe verschwand.

Eine ganze Schulklasse erschien in Begleitung ihres Lehrers, der seinen Schülern den Schaden erklärte, als würden sie eine Ausstellung besuchen. Dem Juden, hörte Peter den Lehrer sagen, sei eine Lektion erteilt worden.

Einen Moment lang spürte auch Peter etwas wie Freude darüber, dass diese bösen Leute endlich bekommen hatten, was sie verdienten. »Das geschieht ihnen recht, nicht wahr, Papa?«, fragte er.

Aber sein Vater antwortete noch immer nicht. Nach einiger Zeit zog er Peter am Kragen, und sie gingen weiter, die große Straße entlang zu einem Café.

»Bestell für uns beide, Peter«, flüsterte der Vater. »Aber ich brauche jetzt einen heißen Grog.«

Peter bestellte Apfeltorte und heiße Schokolade für sie beide. Sein Vater sprach leise, auf Ungarisch.

»Das ungarische Wort für ›Jude‹ ist ›zsidó‹, ein hässliches Wort. Ich bekomme jedes Mal eine Gänsehaut davon, genau wie bei dem deutschen Wort ›Jude‹. Warum? Weil es, solange ich zurückdenken kann, immer als Schimpfwort benutzt wurde.«

Laszlo leerte seine Tasse mit einem Zug.

»Aber wer ist eigentlich ›der‹ Jude?«, fuhr er fort. »Ist es vielleicht das kleine Ungeheuer, das deine Lehrerin an die Tafel gemalt hat? Oder Herr Bauer? Vielleicht ist es Herr Bauer. Bestell einen Grog für mich, Peter. Kakao ist für Kinder. Bitte, Peter, ruf den Kellner.«

Peter rührte sich nicht.

Sein Vater sprach weiter. »Aber vielleicht gibt es so etwas wie ›den‹ Juden gar nicht. Jüdische Menschen, die gibt es. Auf Ungarisch: ›zsidóember‹. Ein Wort mit einem angenehmen Klang. Anwendbar zum Beispiel auf Herrn Bauer. Denn er lebt nach der jüdischen Religion. Das heißt, eigentlich tut er es nicht, aber seine Großeltern taten es. Kommst du noch mit? Ich bin nicht gut im Erklären. Herrgott noch mal, jetzt bestell mir einen Grog, Peter.« Er schlug mit der Faust auf den Tisch, sodass sich alle Leute nach ihm umsahen.

Der Junge rief den Kellner und bestellte noch einmal zwei Portionen heiße Schokolade. Sein Vater seufzte.

»Ist dir noch nie dieser seltsame Stern auf dem Schaufenster von Herrn Bauer aufgefallen? Ein Judenstern. Den haben die Nazis dahin gemalt, um den Leuten, die bei Herrn Bauer einkaufen wollen, zu zeigen, dass Herr Bauer ein Jude ist. Sonst würden wir das nämlich nicht wissen. Denn zunächst mal und in erster Linie ist Herr Bauer natürlich Rheinländer.«

»Ich will nach Hause«, sagte Peter.

Als sie die Wohnung betraten, hörten sie schon an der Art, wie Thea in der Küche herumstampfte und mit Töpfen und Pfannen klapperte, dass sie wütend war. »Wir bleiben jetzt hier!«, rief Peters Vaters munter, als sei nichts geschehen. »Ich bin noch nicht fertig«, sagte er zu Peter und schob ihn in sein Arbeitszimmer. Er schloss die Tür und sagte, Peter solle sich einen Stuhl nehmen und sich neben ihn an den Schreibtisch setzen. Schweigend saßen sie Schulter an Schulter, bis Laszlo schließlich wieder das Wort ergriff.

»Unsere Familie ist irgendwie auch jüdisch. Aber wir kommen aus Ungarn, deshalb sind wir den Deutschen egal«, fügte er beruhigend hinzu.

Und dann sagte er etwas, was Peter erschütterte.

»Deine Mutter war jüdisch, sie kam von hier.«

Peters Vater hatte das Wort »Mutter« noch nie gebraucht, und als Peter es jetzt aus seinem Mund hörte, wurde ihm ganz schwindelig vor Überraschung. Laszlo Nagel fügte hinzu: »Ich muss nachsehen, ob es ihren Eltern gut geht. Damals wollten sie nichts von mir wissen. Sie waren wütend. Sie sind sehr alt. Du bleibst besser zu Hause, sonst bringt Thea mich um.«

*

Zwei Tage später sagte Laszlo Nagel: »Ich bin ein Glückspilz. Aber du hast dich in dieser Hinsicht noch nicht bewährt.« Er sagte es bedauernd, und Tränen traten ihm in die Augen. Sie wurden immer größer und schwerer und liefen ihm über die Wangen, wie es oft geschah, wenn er einen Lachanfall bekam. Peter dachte, seine Worte seien vielleicht ein schwer verständlicher Witz gewesen.

Aber im Flur stand ein großer Koffer, und neben dem Koffer stand Thea und hatte ihren Mantel angezogen. Sie hielt Peter seinen Lodenwintermantel hin. »Lass uns gehen«, sagte sie.

Peter wollte das, was hier ablief, um jeden Preis stoppen. Er war schon sechs Jahre alt, aber als es an der Tür klingelte und ein Taxifahrer erschien, bekam er einen Koller wie ein kleines Kind. Der Fahrer hatte den Wagen mit hechelndem, tuckerndem Motor vor der Haustür stehen lassen, um die Prozedur zu beschleunigen. Unter den Blicken seines Vaters tobte Peter durch den Flur. Als er gegen den Garderobenspiegel taumelte, lagen plötzlich überall Scherben und Splitter herum. Sein Vater rührte sich nicht. Während Thea hastig das Glas wegfegte, sah er Peter an und sagte: »Jetzt sieht es hier oben aus wie neulich unten auf der Straße.«

Diese Worte und die Gelassenheit, mit der sein Vater sie gesprochen hatte, brachten Peter von Neuem in Bewegung. Er raste im Flur umher, bis eine Vase durch die Luft flog. »Das bedeutet Glück«, sagte sein Vater fröhlich. »Eine zerbrochene Vase bringt sieben Jahre Glück.«

Der Vater nahm seinen Sohn auf den Arm, küsste ihn zärtlich auf beide Wangen und machte dann einen Vorschlag: »Du hast Lesen und Schreiben gelernt. Ich wusste immer, zu irgendetwas würde es nütze sein. Ich werde dir einmal in der Woche schreiben, und du schreibst mir zurück. Einmal in der Woche. Auf diese Weise bleiben wir zusammen.«

So verließ Peter Nagel seinen Vater und kehrte nach Ungarn zurück, das er erst ein paar Monate vorher verlassen hatte. Er kehrte zurück in die kleine Stadt, nur wenige Kilometer von der nördlichen Grenze entfernt, zurück in das Haus seines Großvaters und unter dessen strenges Regiment. Noch immer war dieses Haus ein kleines Reich von Besuchern und Bediensteten, geeint durch den Respekt vor dem Eigentümer und regiert von der Uhr. Das häusliche Zeremoniell sicherte den geregelten Fortgang des Lebens, kein Missgeschick konnte die Ordnung der Dinge stören: Frühstück um sieben, großes Mittagessen um eins, Tee um fünf in der Bibliothek und ein leichtes Nachtmahl um acht. Um zehn wurden alle Lichter, die noch brannten, gelöscht, ausgenommen das von Dr. Nagel.

In Peters Abwesenheit hatte es im Haus aber auch einige Veränderungen gegeben. Martha, das Hausmädchen, das sich um ihn gekümmert hatte, war in Liebe zu Igor, dem Chauffeur, entbrannt. Rücksichtslos, so beklagte sich Dr. Nagel des Öfteren, hatten die beiden geheiratet, von heute auf morgen den Dienst quittiert und waren in die Stadt gezogen. Einen neuen Chauffeur oder ein neues Hausmädchen einzustellen, hielt Dr. Nagel allerdings für unnötig. Er fuhr seinen Wagen gern auch selbst, und Personal, das sich um Peter kümmern konnte, war noch genug im Haus. Die Köchin und die beiden anderen Hausmädchen, der Hausdiener und der Gärtner hatten sich nicht verliebt, sie waren schon verheiratet. Allerdings war noch ein weiteres Mitglied der Familie entlaufen, möglicherweise ebenfalls aus Liebesgründen – Archibald, der Kater, war eines Abends verschwunden. Später wurde er am anderen Ende des Orts gesichtet, wie er einer Zugereisten den Hof machte, einer schwarzen Katze, die der Bäcker von einem Bauernhof importiert hatte: angeblich eine Expertin im Mäusefangen, aber erwischt hatte sie bisher nur Archibald.

Dr. Nagel brauchte auch deshalb keinen Chauffeur mehr, weil er keine Hausbesuche mehr machte, denn in diesem Herbst hatte er sich zur Ruhe gesetzt. Er behandelte jedoch immer noch Patienten, die er jeden Morgen in seiner Praxis im Erdgeschoss empfing. Er war ein Arzt von der strengen Sorte und verordnete nur selten Tabletten. Sein wichtigstes Medikament war eine barsche Versicherung, es liege nichts Ernstes vor, nichts, was die Zeit nicht heilen würde.

Obwohl Dr. Nagel neuerdings mehr Zeit hatte als

früher, hielt ihn sein Alltag in Bewegung. Und Peter war wieder ein Teil dieses Alltags, ein Organisationsproblem mehr. Denn Peter war jetzt fast sieben und musste etwas lernen. Deshalb engagierte sein Großvater eine Privatlehrerin für ihn. Sie sollte ihm Ungarisch und auch Deutsch beibringen, denn wahrscheinlich würde Peter schon bald wieder zu seinem Vater nach Berlin zurückkehren können.

Sie hieß Fräulein Strecker, und sie kam von montags bis freitags. Sie kam wie die Woche selbst, eine verhutzelte alte Frau mit fünf braunen Locken, die ihr über der Stirn wippten, und fünf »Monturen«, das heißt, sie trug immer dasselbe braune Kostüm und dazu an jedem Wochentag ein anderes Halstuch – am Montag ein weißes, am Dienstag ein gelbes, am Mittwoch ein rotes, am Donnerstag ein blaues und am Freitag, zum Gedenken an den Kreuzestod Christi, ein schwarzes. Sie regierte Peter mit grausamen Methoden, klopfte ihm auf die Finger, wenn er nicht aufpasste, und nötigte ihn zu zwei Stunden Mittagsschlaf täglich. Während dieser Zeit bezog sie Stellung in einem Sessel vor der Tür des Kinderzimmers, studierte eine lange Reihe dicker Bücher, die sie »das Altertum« nannte, und sorgte dafür, dass er Ruhe hielt.

In Peters schlichtem und dennoch gemütlichem Zimmer im oberen Stockwerk standen ein Bett, eine Kommode und ein Tisch. Das Fenster lag ziemlich hoch, in ihm erblickte man nur den Himmel. Er konnte sich auf sein Bett legen und auf das Fenster sehen wie auf eine leere Leinwand. Bald stellte er fest, dass er alle Filme, die er in Berlin gesehen hatte, im Gedächtnis behalten hatte und dass er sie sich mithilfe seiner Vorstellungskraft auf die Leinwand projizieren konnte. Manchmal fehlten einzelne Abschnitte, aber wenn er sich konzentrierte, konnte er sie ergänzen. Immer wieder spielte er sich die Filme vor. Ohne dass Fräulein Strecker etwas davon mitbekam, verbrachte er jeden Nachmittag im Kino.

Wenn sie ihn herausließ, war es Zeit für den Tee. Peter begleitete Fräulein Strecker jedes Mal noch zur Haustür, wartete ab, dass die Tür sich öffnete und hinter ihr wieder schloss, wartete noch etwas länger, um sicherzugehen, dass sie weg war, spähte am Fenster ihrem schmalen Rücken nach, wie er in die Dunkelheit marschierte, während die Uhr ihn der Obhut seines Großvaters übergab.

Die Sitzungen mit seinem Großvater hatten morgens mit dem Frühstück schweigend begonnen, und schweigsam nahmen die beiden auch ihren Tee in der Bibliothek ein. Peters Großvater sagte selten etwas. Er war weder freundlich noch unfreundlich. Er saß am Frühstückstisch und aß, so wie er in der Bibliothek im Lehnstuhl saß und seinen Tee trank. Mit Bewegungen und Gefühlen trieb er möglichst geringen Aufwand. Manchmal räusperte er sich. Manchmal stellte er Peter eine Frage: »Wie geht es dir?«

Und Peter erwiderte: »Danke, gut.«

»Möchtest du noch ein Glas Tee?«

»Ja, bitte.«

»Ehem«, räusperte er sich dann in Richtung des Hausdieners. »Könnten wir für Peter bitte noch etwas Tee haben.«

»Aber bitte, Peter, denk daran, in jedes Glas passt nur ein Zuckerwürfel.«

Nach dem Tee ging Peter ins Wohnzimmer und besuchte seinen Vater in dem goldenen Rahmen, und dann ging er auf sein Zimmer, bis die Glocke zum Abendessen läutete. Das Abendessen wurde schweigend eingenommen. Nach dem Abendessen ging er auf sein Zimmer, bis sein Großvater mit einem der Hausmädchen in der Tür erschien und »Zeit zum Schlafengehen« sagte. Das Hausmädchen half Peter beim Ausziehen und gab ihm einen kleinen Kuss auf die Wange, wenn sein Kopf auf dem Kissen lag, danach schlief er rasch ein. So ging die Woche vorüber.

Pünktlich an jedem Samstag kam ein Brief von Peters Vater. Samstagmorgens hockte sich Peter immer auf die hohe Mauer, die das Haus umgab. Von dort konnte er den Briefträger sehen, wenn der um die Straßenecke bog. Sobald er ihn erblickte, sprang er von der Mauer und stürmte ihm entgegen. Der Großvater erlaubte nicht, dass der Briefträger die Post seinem Enkel aushändigte. »Ich habe etwas für dich«, sagte der Briefträger. »Aber du musst warten.« Der Junge begleitete ihn ins Haus und sah zu, wie er seinen Brief dem Hausdiener übergab, der ihn in das Arbeitszimmer seines Großvaters trug. Nachmittags beim Tee in der Bibliothek lag der Brief dann auf dem Tisch, und Dr. Nagel gab Peter die Erlaubnis, ihn an sich zu nehmen und zu öffnen.

Oben auf der Seite begann die Handschrift von Laszlo Nagel immer sauber und ordentlich – nie hatte Peter Schwierigkeiten, »Mein innigst geliebter Sohn!« zu entziffern –, doch dann legte sich die Schrift schräg, als würden die Wörter abstürzen, bis sie zuletzt in einem unleserlichen Gesudel verliefen.

Peter blieb nichts anderes übrig, als seinen Großvater um Hilfe zu bitten. Jede Woche bat er: »Bitte, Großvater, lies ihn mir vor«, und jede Woche machte der alte Mann ein missmutiges Gesicht, doch dann nahm er den Brief, faltete ihn behutsam auf, als wäre das allein schon eine schwierige Aufgabe, und las ihn laut vor.

»Die Handschrift des eigenen Sohnes kann man immer lesen«, meinte er, »egal, wie fremd er einem geworden ist.«

Die Briefe schilderten ausführlich, in fröhlichem Ton, das Leben im Haus, was Frau Bilka getan und was Thea gesagt hatte, die Großstadt, die Partys und die feinen Damen und Herren der Berliner Gesellschaft. Immer versprachen sie eine Wiedervereinigung, sobald die Lage es erlaube, und prophezeiten auch tatsächlich eine Besserung dieser Lage, denn: »Ich bin ein Glückspilz, das darfst du nicht vergessen.« Und unweigerlich schloss Peters Vater mit frohgemuten Liebesbeteuerungen an den Empfänger, den er »meinen einzigen und liebsten Sohn« nannte.

»Das da unten liest du besser selbst, das geht mich nichts an«, sagte der Großvater. »Und wenn du es nicht lesen kannst, ist auch nichts verloren.«

Die ganze Woche arbeitete Peter an seinen Antworten und versuchte, sie genauso witzig, genauso fröhlich klingen zu lassen, auch wenn ihm überhaupt nicht fröhlich oder witzig zu Mute war. Peter schilderte seinem Vater, was in der kleinen Stadt vor sich ging, obwohl er wenig davon mitbekam und sich deshalb vieles ausdenken musste. Er schrieb über die Gäste, die sein Großvater einlud, obwohl sein Großvater fast nie Gäste einlud, sodass sich Peter auch diese Gäste ausdenken musste, und er schrieb über Fräulein Strecker, die er sich nicht ausdenken musste, denn Fräulein Strecker war da wie die Woche selbst.

Nie getraute er sich, seinem Vater zu gestehen, dass Dr. Nagel ihm alle Briefe vorlas. Er schrieb: »Deine Handschrift ist schwer zu lesen, aber ich schaffe es natürlich.« Nur die letzten Zeilen in Peters Briefen waren ganz wahr, eine einfache Tatsachenfeststellung: »Papa, ich vermisse dich so.«

Und sein Vater schrieb ihm überschwängliche, witzige Briefe zurück. Manchmal schrieb er über etwas Unerfreuliches, aber immer so, dass es komisch klang. Oft schrieb er nur über das Wetter. »Die ganze Woche wollte mich das Wetter aus Deutschland vertreiben. Ich blieb so viel wie möglich zu Hause. Heute wagte ich mich dann endlich doch hinaus. Darauf hatte der Himmel nur gewartet. Er kippte graues und weißes Dreckwasser über mich und donnerte wie wild, während ich gleich wieder nach drinnen sauste. Jetzt sammelt er seine Kräfte …« Und unweigerlich endete er mit jenen zart fühlenden Beteuerungen, die der Großvater nicht vorlesen wollte, weil sie ihm so fremd, so maßlos vorkamen.

»Und das hier kannst du dir selbst zusammenreimen – das geht nur dich und deinen Vater etwas an«, sagte er naserümpfend. »›Tausend Umarmungen und Küsse‹ – da hätte man lange zu tun, du würdest das Abendessen verpassen.«

Nie sagte Dr. Nagel etwas wirklich Nettes zu jemandem; Peter konnte sich nicht vorstellen, dass er es je getan hatte. Er mochte seinen Großvater nicht besonders. Die Haut stieß ihn ab, die an Gesicht und Händen rau wie Rinde war, der flechtenähnliche Schnurrbart, der Geruch nach Eau de Toilette, nach Desinfektionsmittel und Tabak. Aber er respektierte ihn, wie es alle taten. Dr. Nagel wusste Bescheid. Dr. Nagel wusste besser Bescheid als alle anderen. Schließlich war er Arzt.

Dr. Nagel war auch gütig. Nie wies er jemanden zurück, der sich um Hilfe an ihn wandte. Seit Jahren hatte er keine Rechnung mehr geschrieben. Aber wenn Peter mit seinem Großvater hätte schmusen wollen – der große, steife Mann hätte eine solche Geste bestimmt nicht zustande gebracht. Wenn irgendeine Herzensregung ihm mal eine zärtliche Bemerkung abnötigte, sagte er beiläufig: »Ich hab dich gern, du weißt schon.« Mehr nicht.

*

Den Heiligen Abend 1938 feierte Peter mit seinem Großvater und Fräulein Strecker. Die Köchin hatte eine Gans gebraten, der Hausdiener hatte im Wohnzimmer einen Weihnachtsbaum aufgestellt, und die Hausmädchen hatten den Esstisch mit Kerzen geschmückt. Alle standen um den Baum und sangen ungarische und deutsche Weihnachtslieder, und dann schenkte Fräulein Strecker Peter einen Schal, den sie während ihrer langen freien Abende selbst gestrickt hatte, und Dr. Nagel schenkte sie auch einen selbst gestrickten Schal. Dr. Nagel wiederum schenkte ihr einen Umschlag mit Geld und riet ihr, sich etwas Hübsches dafür zu kaufen. Peter schenkte er auch einen Umschlag mit Geld und riet ihm, es zu sparen.

Später gab Fräulein Strecker Peter einen Kuss, und Peter hatte mehrere Minuten damit zu tun, sich die unsichtbaren Spuren dieses Kusses heimlich wieder abzuwischen. Dr. Nagel wiederum streichelte Peter an diesem Abend zweimal über den Kopf. Ein dankbarer Patient hatte dem alten Mann einen blauen Wellensittich namens Bobbi geschenkt, der »Bobbi« und »Halleluja« sagen konnte, und alle überhäuften den Vogel mit ihrer Aufmerksamkeit.

Nach Weihnachten zog sich der Winter in die Länge, und nie kam Dr. Nagel darauf zu sprechen, dass Peter seinen Vater vielleicht wiedersehen könnte. Dann wurde es Frühling. Bobbi war zahm, so zahm, dass er keinen Käfig brauchte. Er hatte nur eine Stange in der Bibliothek. Nach Lust und Laune flog er im Zimmer umher oder hockte auf seiner Stange und brabbelte Hallelujas vor sich hin. Eines Tages räusperte sich der Vogel – »Ehem« – genau so, wie es Dr. Nagel manchmal tat, und von da an brachte Dr. Nagel ihm mehr Interesse entgegen. Bald hatte er ihm »Wie geht es Ihnen?« und »Sehr erfreut!« beigebracht. Der Wellensittich war nicht so schüchtern wie Peter. Er genoss die Gesellschaft des Arztes, ließ sich oft auf der Kante von dessen Buch nieder, wenn Dr. Nagel las, und knabberte an den Seiten. Aus irgendeinem Grund nahm ihm Dr. Nagel die Beschädigung seiner Bibliothek nicht übel. Man konnte jetzt erkennen, welche Bücher er in letzter Zeit gelesen hatte, weil die Oberkanten der Seiten gezackt waren.

Als sich Dr. Nagel nicht dagegen wehrte, ließ sich Bobbi nachmittags auch immer öfter auf dem Rand seines Teeglases nieder, und wenn der Arzt einen Schluck nahm, fuhr er mit dem Glas in die Höhe von Dr. Nagels Gesicht. Bobbi entwickelte die Gewohnheit, zu warten, bis sich der Tee etwas abgekühlt hatte, ehe er sich behutsam auf dem Glas niederließ, solange es noch auf dem Tisch stand. Aber eines Tages war er zu stürmisch, verschätzte sich, landete zu hastig und kippte kopfüber in das Glas.

Dr. Nagel betrachtete das abgetauchte Opfer. Nur die Enden der Schwanzfedern schauten noch aus dem Tee. Schließlich nahm er sie zwischen Daumen und Zeigefinger und zog den Vogel heraus. Bobbi schüttelte sich, sodass der Tee nach allen Seiten spritzte, und flog davon. Der alte Mann sah ihm mit kühler Miene nach. »Bobbi ist zu ehrgeizig. Aber die Aufgabe des Arztes besteht darin, Leben zu retten, und Leben retten ist seine Freude.« Dabei sah er seinen Enkel an und machte ein feierliches

Gesicht. Peter war froh, dass er sich das Lachen verkniffen hatte.

Inzwischen war es Sommer. Das Hausmädchen und die Köchin schwatzten miteinander, Deutschland würde den Krieg vorbereiten. Aber die Vorkehrungen in Dr. Nagels Haus schienen der Politik ihre Macht zu nehmen. Frühstück, Mittagessen, Tee und Nachtmahl – so lauteten die Gesetze. Und die Grenzen, auf die es ankam, verliefen innerhalb des Hauses. Peter betrat das elegante Wohnzimmer nie ohne Einladung und auch die Bibliothek nicht, bevor er zum Nachmittagstee gerufen wurde. Das Arbeitszimmer seines Großvaters war für ihn nichts weiter als eine geschlossene Tür, der Zutritt zu dem Raum dahinter streng verboten. Noch nie hatte Dr. Nagel seinen Enkel dorthin eingeladen. Manchmal rief er ihn für einen Augenblick in sein Ankleidezimmer und zeigte ihm irgendein Familienerbstück, das da in einem der großen Kleiderschränke aufbewahrt wurde. Selbst das Grundstück draußen war aufgeteilt in einen Bezirk, den er besuchen durfte – der Rasen, auf dem er jetzt allein Fußball spielte (der Hausdiener war zu alt und zu steif geworden), der Garten, wo er an Sommertagen saß, das Gehölz im hinteren Teil, das er auskundschaften konnte –, und ein verbotenes Terrain, die Obstbäume, die Gemüsebeete.

Peter wäre sich vielleicht sehr einsam vorgekommen, wenn sein Vater nicht Wort gehalten und ihm regelmäßig in seinem grässlichen Gekritzel geschrieben hätte. Ausnahmslos jeden Samstag kam ein Brief von Laszlo Nagel an seinen innig geliebten Sohn. Und jeden Samstag las der Großvater Peter den Brief in der Bibliothek widerwillig vor, wobei er jedes Mal das Ende wegließ, weil es zu persönlich war, zu hitzig, einfach peinlich, als wäre der Inhalt des Briefes nicht schon schlimm genug! Denn Laszlo schrieb seinem Sohn von lauter wahrhaft mitteilenswerten Dingen: Manchmal widmete er einen ganzen Brief einem einzigen Film, den er sich angesehen hatte, und ging dabei so in die Einzelheiten, dass es Peter vorkam, als liefe der Film vor seinen Augen ab – und nachher, wenn er auf seinem Bett lag und zu seinem Fenster hinaufschaute, konnte er ihn tatsächlich sehen. Oder Laszlo schrieb über Thea – dass sie jetzt einen Verehrer hätte, einen netten jungen Mann, der sie heiraten wollte. Dass sie seitdem viel besser kochte, weil sie für ihren künftigen Ehemann übte. Und ihre Stimmung sei jetzt immer extrem ausgeglichen. Gelegentlich kam er in einem Brief auch auf Frau Bilka zu sprechen. Die Tauben seien nicht mehr zu bändigen, seit Herr Bauer »nicht mehr da« sei, und sie sei mit ihrem Latein am Ende. »Nächste Woche mehr!«, schrieb er immer, ehe er mit vielen Liebesbeteuerungen an seinen Sohn schloss.

»Laszlo ist in allem zu leidenschaftlich«, beklagte sich Dr. Nagel und reichte Peter den Brief. »Den Rest kannst du selbst lesen.«

Es war wieder Herbst. Ein Jahr war vergangen. »Zweiundfünfzig Briefe habe ich dir vorgelesen«, stöhnte Dr. Nagel, als er an einem Samstagnachmittag den nächsten Brief öffnete. »Und er ist doch immer nur ein Fremder für mich.« Er runzelte die Stirn, als er die ersten Zeilen sah, und murmelte: »Liebster, innig geliebter Sohn« – aus dem Stirnrunzeln wuchsen Wurzeln bis tief in sein Gesicht –, »es geht mal wieder um einen Film, den er sich angesehen hat.«

»Ehem. Ich fange an ...«, sagte der Großvater und fing an. Er las mit ruhiger, nüchterner Stimme bis zu der Stelle, wo es hieß: »Nächste Woche mehr.« Dort brach er ab und gab den Brief mit einem letzten Redakteursseufzer an Peter weiter.

»Dein Vater ist ein Heißsporn. So ist es immer gewesen, du kannst froh sein, dass ich für dich sorge«, fügte er hinzu.

Weihnachten 1939 aßen sie wieder Gans, und Fräulein Strecker schenkte jedem von ihnen handbestickte Taschentücher. Deutschland hatte Krieg angefangen, hatte gewonnen, hatte seine Grenzen ausgedehnt und grollte nun vernehmlich. »Manchmal grollen Länder«, schrieb Peters Vater, »bevor sie explodieren. Aber hier, im Zentrum der Explosion, ist das Leben sicher, ist das Leben angenehm. Gestern war ich mit Thea im Kino. Ihr Mann, der Soldat, ist jetzt in Polen stationiert, und sie vermisst ihn. Ich habe ihr versichert, für mich wäre das Leben nicht mehr dasselbe, wenn sie für mich nicht mehr kochen würde. Ich habe ihr nicht verraten, dass ich mit Wurst und Lakritz jeden Abend vollauf zufrieden bin.« Frühling, Sommer, Herbst. »Hundertvier Briefe«, sagte Peter traurig.

Deutschland hatte noch einmal Krieg angefangen. Weihnachten 1940 schenkte Fräulein Strecker ihnen handgearbeitete Brieftaschen.

»Ehem«, sagte Dr. Nagel und faltete den hundertsiebzehnten Brief seines Sohnes Laszlo Nagel an seinen Enkel Peter Nagel auf. Wie viele Briefe konnten eigentlich noch kommen, fragte sich der Junge, bis sie nicht mehr nötig wären, weil er seinen Vater wiedersah.

»Das Großstadtleben«, schrieb Peters Vater, »ist für einen Glückspilz weder langweilig noch gefährlich. Lehn dich zurück und lass dir erzählen, was für Abenteuer ich in dieser Woche auf drei verschiedenen Partys bestanden habe.«

»Und wie geht es Bobbi?«, schrieb er ein andermal. »Vielleicht könnt ihr ihm mal beibringen, etwas Nützliches zu sagen wie ›Hilfe! Hilfe!‹.«

Dr. Nagel verzog das Gesicht, als er diese Stelle vorlas.

Der Großvater erlaubte Peter, das Foto seines Vaters aus dem Wohnzimmer mit auf sein Zimmer zu nehmen. Jetzt stand es auf Peters Tisch, und er konnte in die dunklen Augen sehen, während er schrieb: »Lieber Papa, mach lieber keine Vorschläge, was wir mit Bobbi tun sollen.« Wenn er die Post seines Vaters doch nur selbst hätte lesen können. »Vielleicht kannst du ein kleines bisschen sauberer schreiben.«

»Ich werde versuchen, sauberer zu schreiben«, schrieb Peters Vater in einem von Anfang bis Ende vollkommen lesbaren ersten Satz zurück. Aber dann ging die Begeisterung über das, was er zu erzählen hatte, wieder mit ihm durch, und die Wörter ergossen sich wie ein Sturzbach über die Seite.

Frühling. Sommer, Herbst. Hundertsechsundfünfzig Briefe. Weihnachten 1941 schenkte ihnen Fräulein Strecker gerahmte Bilder, die sie selbst gemalt hatte. Auf dem Bild für Dr. Nagel sah man einen Wellensittich in majestätischem Flug mit ausgebreiteten Schwingen wie ein Adler. Für Peter hatte sie ein historisches Thema gewählt, das in diesem Jahr auch im Unterricht vorgekommen war – eine Pyramide und davor ein Kamel, im Profil gesehen. Der Junge fühlte sich diesem Kamel irgendwie verbunden. So wie das Kamel tagelang ohne Wasser auskam, schaffte er es, eine ganze Woche ohne Nachricht von seinem Vater auszukommen. Fräulein Streckers Wellensittich hing im Arbeitszimmer von Dr. Nagel, die Pyramide mit dem Kamel stand auf Peters Kommode.

Zweihundertacht Briefe. »Ich habe mich in letzter Zeit oft mit Thea getroffen«, schrieb Laszlo Nagel seinem Sohn. »Ich bin mit ihr tanzen gegangen, um sie zu trösten. Es ist tragisch, was ihrem Mann passiert ist, aber solche Tragödien kommen hier in dieser Zeit ziemlich oft vor. Ihr Kind soll nächsten Monat kommen, aber sie tanzte wie ein Wirbelsturm.«

An einem Samstag kurz nach Weihnachten geschah ein Wunder. Ein Brief von Peters Vater war gekommen. Aber schon von seinem Ausguck auf der Mauer konnte Peter sehen, dass irgendetwas an ihm anders war als sonst. Er versuchte, den Umschlag genauer ins Auge zu fassen, als der Postbote ihn dem Hausdiener übergab, aber der Postbote hatte es eilig und verstellte ihm rücksichtslos die Sicht. Der Morgen war wie gelähmt, als sollte das Mittagessen und nachher der Besuch in der Bibliothek nie mehr heranrücken. Doch endlich kam der schönste Augenblick der Woche. Der Umschlag war tatsächlich anders. Und der Brief darin auch. Er war getippt, sodass Peter jedes Wort lesen konnte und seinen Großvater kein einziges Mal um Hilfe bitten musste.

»Du warst nicht der Einzige, der unter meiner Handschrift zu leiden hatte«, schrieb sein Vater. Eine gute Freundin habe ihm zu Weihnachten eine Schreibmaschine geschenkt, obwohl es heutzutage auch in Berlin schwierig sei, eine Schreibmaschine aufzutreiben, wegen des Krieges. »Mit dieser echten Büromaschine hatte ich wieder mal Glück«, schrieb Laszlo Nagel an seinen Sohn und schloss mit hundert väterlichen Küssen, die Peter nicht verlegen zu machen brauchten, weil sie getippt waren und seinem Großvater nie zu Gesicht kommen würden.

Von diesem Tag an gehörten die Briefe seines Vaters ihm und ihm allein.

»Mach dir meinetwegen keine Sorgen«, schrieb Laszlo Nagel. »Obwohl Krieg ist, geht es mir sehr gut. Obwohl du nicht hier bist, was ich sehr bedaure, jeden Tag mindestens eine Stunde lang, mein innig geliebter Sohn.«

Anscheinend taten die Leute in Berlin in dieser Zeit nichts anderes als Feste feiern. Jeden Abend fanden große Partys statt. Frau Bilka und Dr. Schneider luden abwechselnd die Hausbewohner zum Tee ein.

»Gestern Abend war ich mit Thea auf einem Ball. Sie war der Star des Abends. Sie trug ein weites rotes Kleid und darunter einen steifen Unterrock. Sie hat natürlich nach dir gefragt, das tut sie immer.«

In seinem Antwortbrief erzählte Peter von dem Fahrrad, das er in einem Feld gefunden hatte, jemand hatte es dort einfach liegen gelassen, und kein Besitzer hatte sich gemeldet. In Wahrheit besaß Peter gar kein Fahrrad, denn er hatte nie eines gefunden, und sein Großvater war der Meinung, für einen so kleinen Jungen sei Fahrradfahren viel zu gefährlich. »Mein Fahrrad ist knallrot, und es hat die lauteste Klingel, die du dir vorstellen kannst. Ich kann schon sehr gut fahren, sehr schnell, besonders bergab.«

»Und ich«, schrieb Peters Vater zurück, »habe mir ein Motorrad gekauft. Es ist schwarz, mit einem Beiwagen, in dem ich manchmal jemanden mitnehme. Frau Bilka hat schon gefragt, ob sie mal mitfahren darf.«

Fünfzig getippte Briefe kamen, dann war wieder Weihnachten.

*

Eines Nachmittags im Spätsommer 1943, als Peter schon elf Jahre alt war, spürte er, dass irgendetwas im Haus anders war als sonst. Peter hatte wie üblich mit seinem Großvater gefrühstückt, hatte wie üblich bis zum Mittag Unterricht bei Fräulein Strecker gehabt. Auch das Mittagessen war normal verlaufen. Nachher hatte er Fräulein Strecker zur Tür gebracht und war zum Aufgabenmachen in sein Zimmer gegangen. Inzwischen war er so alt, dass er keinen Mittagsschlaf mehr zu halten brauchte, aber seit ihn niemand mehr dazu zwang, hatte er entdeckt, wie angenehm es war, nach dem Mittagessen ein bisschen zu schlafen. An diesem Tag fing er einen neuen Brief an seinen Vater an, schrieb ihm von einem wilden

Hund, dem er begegnet war, als er mit seinem Fahrrad unterwegs war. Der Hund hatte ihn mit Schaum vor dem Maul angesprungen und hätte ihn samt dem Fahrrad beinah umgeworfen, wenn er, Peter, nicht so kräftig in die Pedale getreten hätte, dass er entkommen war. Peter war schon mehrere Sätze tief in die Schilderung seiner Tollkühnheit vorgedrungen, da fiel ihm sein Bett ein und welche Annehmlichkeiten es zu bieten hatte, wenn er sich darauf ausstreckte und ein wenig die Augen schloss. In die Kissen versunken, hörte er vor dem Haus ein gedämpftes Rumoren. Er richtete sich auf. Ein Wagen entfernte sich auf der Zufahrt. Peter fragte sich nicht, wer da angekommen oder abgefahren sei. Er war zu schläfrig.

Als er später nach unten ging, spürte er, dass sich im Haus etwas verändert hatte. Stille hatte sich darin breitgemacht, aber still war es eigentlich immer gewesen. Doch diese Stille hörte sich anders an.

Vor ungefähr einem Jahr hatte Bobbi, der Wellensittich, plötzlich »Verdammt!« gesagt. Der Fluch hatte in der kleinen Familie des Hausherrn und seiner Dienstboten für einige Aufregung gesorgt. Dr. Nagel wusste nicht, wer von seinen Angestellten vor dem Wellensittich unflätige Wörter benutzte oder sie dem Vogel womöglich absichtlich beizubringen versuchte und auf diese Weise dessen Wortschatz verdarb. Peters Großvater hasste das Misstrauischsein und löste das Rätsel, indem er Bobbi dem Priester im Ort schenkte, der die Sprache des Vogels bald wieder bereinigt hatte. Seit Bobbis Auszug war kein anderes fremdes Geräusch an die Stelle seines Gezwitschers getreten. Dennoch besaß die Stille im Haus von Dr. Nagel einen durchdringenden Klang, der sich an diesem speziellen Nachmittag verändert hatte.

Schließlich hörte Peter in der Küche Wasser laufen. Er traf die Köchin bei der Arbeit. »Dein Großvater«, sagte sie, »ist zu einem Freund nach Budapest gefahren. Abends ist er wieder zurück.«

Es bestand also keine Gefahr, dem Großvater über den Weg zu laufen, und Peter Nagel streifte durch das Haus. Er hatte keinen Plan, und doch trieb es ihn unaufhaltsam dem Bezirk zu, der ihm verboten war. Kurz, er spürte, wie ihn der Sog der Neugier zum Arbeitszimmer seines Großvaters zog.

Die schwere Messingklinke war ziemlich weit oben angebracht, in der Höhe von Peters Schulter. Er betrachtete sie voller Bewunderung. Dieser goldene Knauf war der Hand seines Großvaters vertraut, der alte Mann drückte ihn mehrmals am Tag. Eine unvorstellbar tiefe Kluft lag zwischen Peters elf Jahren und dem Alter, das man erreichen musste, ehe man diese Klinke drücken durfte. Peter ließ die Fingerspitzen über sie gleiten und fuhr zurück. Sie fühlte sich kalt an. Während er sie betrachtete, fiel ihm ein, dass man auch etwas anderes mit ihr tun konnte. Man konnte sich an sie hängen. Man konnte sich mit seinem ganzen Gewicht an die Klinke hängen, und sie würde bestimmt nicht nachgeben. Es muss ein herrliches Gefühl sein, an dieser Türklinke zu hängen, dachte Peter. Die Tür war bestimmt verschlossen, also war nichts dabei, und er konnte es versuchen.

Er fasste die Klinke fest mit beiden Händen und hob langsam die Füße vom Boden. Die Klinke klappte nach unten. Die Tür ging auf.

Von der Türschwelle aus sah Peter bei dem Fenster, das auf den hinteren Garten ging, einen großen, dunklen Schreibtisch. An der gegenüberliegenden Wand waren Bücherregale aufgestellt. In einem der Fächer standen lauter Flaschen nebeneinander. In den Flaschen konnte er etwas schwimmen sehen, etwas, was aussah wie kleine Puppen. Eingemachte Puppen. Sehr sonderbar.

Peter trat einen Schritt vor, und als nicht sofort ein

Blitz auf ihn herabfuhr, tat er noch einen Schritt. Rechts neben der Tür hing Fräulein Streckers Bild von einem Wellensittich. Peter machte noch einen Schritt. Und noch einen. Die Flaschen enthielten winzige nackte Babys.

Auf einem anderen Brett standen weitere Flaschen, darin sonderbare Fleischstücke, die aussahen wie gewöhnliches, aber altes Metzgerfleisch. Im Zimmer roch es widerwärtig säuerlich. In den übrigen Regalen standen dunkle, schwere Bücher, die wie Bibeln aussahen, aber als Peter einige herauszog und aufschlug, zeigte sich, dass sie voll grauslicher Abbildungen von verschiedenen Krankheiten und kranken Leuten waren. Immer wieder hielt Peter inne und lauschte nach der Tür. In den Büschen hinter dem Haus schrillten die Heuschrecken.

Wahrscheinlich würde er es hören, wenn der Wagen zurückkam. Er atmete auf und setzte seine Nachforschungen fort. An einer Wand stand ein Schrank mit Dutzenden von Schubladen, in jeder Tabletten von unterschiedlicher Größe und Farbe. Auf dem Schreibtisch neben der Schreibmaschine stand ein Glas, halb gefüllt mit einer goldenen Flüssigkeit. Er schnüffelte daran: Alkohol. Er zog eine Schreibtischschublade auf. Federn, Stifte,

Schreibsachen. Er zog eine andere Schublade auf. Papier, in allen möglichen Formaten und Farben. Er zog eine dritte Schublade auf und stieß darin auf eine einfache Pappschachtel.

Er hielt inne und lauschte, ob sich ein Wagen näherte. Nichts. Dann nahm er die Schachtel heraus, öffnete sie. Sie quoll fast über von gefalteten Blättern. Briefen. Er nahm den, der zuoberst lag, und war verstört. Er erkannte seine eigene Handschrift. Es waren Briefe, die er seinem Vater geschrieben hatte. Er begann in ihnen zu wühlen, achtete nicht auf ihre Reihenfolge, brachte alles durcheinander. Er starrte sie an, jedes Wort ein Hieb Peinlichkeit. Was für albernes Zeug er geschrieben hatte. Und sein Großvater hatte sie alle gelesen! All die erfundenen Geschichtchen, die ganze falsche Fröhlichkeit, die Angeberei. Das rote Fahrrad. Peter legte die Briefe zurück und sah noch einmal in die Schublade. Da stand eine zweite Schachtel, darin eine weitere Sammlung seiner Briefe an den Vater. Ihm dämmerte etwas.

Er sah sich nach der Schreibmaschine um. Ein Blatt war eingespannt und darauf schon mehrere Zeilen getippt. Es war ein Brief, und er begann: »Mein innigst geliebter Sohn!«

Peter schrieb weiter an seinen Vater, in dem gleichen munteren Ton. Er machte sich lächerlich, wissentlich jetzt. Wieder schrieb er ausführlich von seinem Fahrrad. Und er las jede Zeile der Briefe seines Vaters, versuchte sich über die vergnüglichen Neuigkeiten genauso zu freuen wie vorher, über die Zuneigung, die er von seinem Großvater nie bekam. Was blieb ihm anderes übrig? Er konnte Dr. Nagel nicht gestehen, dass er in dessen Arbeitszimmer herumgestöbert hatte. Und den Mut, nach der Wahrheit zu fragen, besaß er nicht.

Die Lage veränderte sich ohnedies. Angst hing in der Luft. Auf der Straße erzählten sich die Leute, die Deutschen würden kommen. Bald sagte es auch die Köchin in der Küche ganz offen. Als Dr. Nagel das Personal über die Deutschen reden hörte, wurde er zornig. Er ging in die Küche und erklärte: »Die Zeit heilt alle Wunden. Hört auf, euch wegen der Nazis Sorgen zu machen. Die Deutschen kommen nicht. Ich weiß, wovon ich spreche.« Da er stets und ständig gewusst hatte, wovon er sprach, schwieg das Personal beschämt. Eine Zeit lang glaubten sie ihm.

Dann begann das Geflüster von Neuem. Die Deutschen kommen. Peters Vater steckt in großen Schwierigkeiten. Peters Vater hat konspiriert. Peters Vater ist verhaftet worden.

Diesmal nahm Dr. Nagel sie sich einzeln vor. Die Köchin besuchte er in der Küche, das Hausmädchen im Keller, wo es aufräumte, den Hausdiener in der Garage, wo er den Wagen polierte, und den Gärtner im Garten. »Hört mit diesem albernen Geschwätz auf«, verlangte er. »Ich bin ein alter Mann, und ich halte das nicht aus. Als Arzt weiß ich, wie es in der Welt zugeht, oder etwa nicht?«

Sie stimmten ihm zu.

»Wenn ich als Arzt euch sage: Die Deutschen kommen nicht, dann könnt ihr mir das glauben.«

Und wieder atmeten sie auf, sie glaubten ihm. Er war der Arzt im Ort, und außerdem war Weihnachten. Fräulein Strecker hatte Papierblumen gebastelt. Ende Januar setzten die Gerüchte von neuem ein. Die kleine Stadt lag nur fünf Kilometer von der Neuen deutschen Grenze entfernt. Sie würde als erste fallen. Die Deutschen kommen. Peters Vater hat konspiriert, er hat Juden falsche Pässe verschafft, er ist hingerichtet worden. Peters Vater ist tot.

Am 2. März 1944 ging Dr. Nagel zur Bank. Als er zurückkam, aß er wie immer zu Mittag. Nach dem Mittagessen rief er die Hausangestellten um den Esstisch zusammen. Auch die Nachbarn lud er ein. Er goss jedem einen Sherry ein. Am Tisch war es so eng wie am Tag von Laszlos und Dalias Hochzeit. »Die Deutschen kommen nicht«, sagte er. »Ich weiß es. Und zum Beweis werde ich euch euren Lohn für sechs Monate im Voraus zahlen. Würde ich das tun, wenn die Deutschen kämen?«

Und feierlich, wie er alles tat, verteilte er Briefumschläge. In jedem Umschlag steckte ein dicker Packen Geldscheine, genau die Summe, die er jedem für sechs Monate Arbeit geschuldet hätte. Nachdem er allen das Versprechen abgenommen hatte, dass sie ihn nun sechs Monate lang mit ihrer albernen Angst in Frieden lassen würden, zog er sich in sein Arbeitszimmer zurück, wie er es nach dem Mittagessen immer tat.

Der Hausdiener entwarf eine kleine Dankrede, die er um die Teezeit an diesem Nachmittag halten wollte. Der Tisch war in der Bibliothek gedeckt. Aber Dr. Nagel war unpünktlich. Nach einer halben Stunde war der Tee kalt. Der Hausdiener rief Peter zu sich und sagte: »Klopf bei deinem Großvater an und erinnere ihn, dass Teezeit ist.«

Peter klopfte. Noch immer packte ihn jedes Mal das schlechte Gewissen, wenn er an dem Arbeitszimmer vorüberging. Als sein Großvater nicht reagierte, holte er den Hausdiener, der Hausdiener klopfte, und als wieder keine Antwort kam, rief der Hausdiener die Köchin, und sie klopfte ebenfalls.

Die Köchin trat ein. Sie fand Dr. Nagel über seinen Schreibtisch gesunken, die Arme hingen schlaff nach unten. Sein Kopf lag auf der Schreibmaschine und verdeckte die Seite, an der er gerade geschrieben hatte.

Von der Türschwelle sah Peter, wie sich die Hand der Köchin auf die Schulter des alten Mannes legte und dann zurückzuckte, wie ihr Kopf langsam nach hinten kippte, wie sich ihr Mund Millimeter für Millimeter öffnete und ihre Augen weiter und weiter hervortraten. Ein seltsames Wackeln, das an ihrem Hals aufwärts glitt, beförderte offenbar den Schrei, der zuletzt die endlose Stille im Haus des Doktors zerriss.

Als der Leichenbestatter Dr. Nagel holen kam, warf er einen Blick auf die letzten Worte des Verblichenen in der Schreibmaschine und wunderte sich ein bisschen.

»Mein liebster Sohn,

der Frühling ist endlich auch in den Norden vorgedrungen.«

»So ein Pech«, murmelte der Leichenbestatter, wie er es immer tat. Sein Beruf hatte ihn gegen die Empörung angesichts des Todes nicht abgestumpft. Und vielleicht war es in Wirklichkeit ja Glück gewesen. Denn am nächsten Tag kamen die Deutschen.

*

Eine kluge alte Frau, eine Optimistin, die lange gelebt und viele Leben erlebt hatte, sagte einmal: Großes Unglück liegt immer zwischen zwei Scheiben Glück. Wie dick die verschiedenen Scheiben sind, sagte sie nicht. Das, was geschah, nachdem der Briefwechsel zwischen Peter und seinem Vater zu Ende war, gehört noch in die Unglückszeit, aber es endet sehr glücklich, und auch dieses Ende ist erzählenswert. Die alte Frau, die sich mit der Unausweichlichkeit des Glücks so gut auskannte, war Peters Großtante. Sie wohnte in Budapest, und da sie Peters letzte lebende Verwandte war, kümmerte sie sich nach dem Tod seines Großvaters um ihn.

Tante Eva war so alt, dass sie aufgehört hatte, ihre Jahre zu zählen. Trotzdem war sie noch sehr beweglich und legte auf gewisse Dinge großen Wert. Auf Kleider zum Beispiel. Sie muss die größte Garderobe in ganz Budapest gehabt haben, kein Schrank konnte all das fassen. Sie verwahrte ihre Sachen in dem großen Schlafzimmer ihrer Wohnung – Hüte und Perücken lagen nebeneinander auf dem Bett, die Kleider hingen wie wertvolle Gemälde an den Wänden – und schlief selbst im Zimmer für das Dienstmädchen. Als Peter zu ihr kam und sie sich von ihrem Entzückens- und Neidanfall wegen seiner roten Haare erholt hatte, überließ sie ihm das Bett des Dienstmädchens und schlief fortan, ohne zu klagen, auf dem Sofa im Wohnzimmer. »Wenn ich schlafe, sehe ich ja nicht, was um mich herum ist.«

Peter blieb mehr als ein Jahr bei Tante Eva und ging mit ihr in Budapest durch dick und dünn – aber das ist eine andere Geschichte. Als der Krieg zu Ende war, womit jedoch das Elend in vielen Teilen Europas noch lange nicht aufhörte, bekamen Tante Eva und ihr Neffe Besuch aus Deutschland – eine furchtbar magere, sehr müde Frau, die Tage gebraucht hatte, nach Budapest zu kommen. Sie trug ein kleines Kind auf dem Arm. Es war Thea mit ihrer Tochter.

Nun stellte sich heraus, dass Peters Vater sich die Geschichte von Theas Heirat mit einem Soldaten nur ausgedacht hatte. In Wirklichkeit hatte Thea Laszlo Nagel geheiratet, und die beiden hatten ein Kind bekommen, Hannah. Auf diese Weise hatte Peter plötzlich eine kleine Schwester. Und eine Mutter hatte er jetzt auch.

Peter nahm Abschied von Tante Eva und versprach, sie bald zu besuchen. Thea nahm ihn und Hannah mit zurück auf den Bauernhof in Süddeutschland, auf dem sie selbst aufgewachsen war und wo es reichlich zu essen gab. Sie war nach so viel Unglück und nach dem Verlust von Laszlo sehr geduldig geworden und liebte Peter sehr.

Heute ist Peter selbst ein weißhaariger, alter Mann mit drei eigenen Kindern und zehn Enkelkindern. Er ist immer elegant angezogen wie seine Tante Eva, er hat sich etwas von der draufgängerischen Art seines Vaters bewahrt, und er besitzt Theas warmes Herz, aber er ist ruhig und besonnen wie sein Großvater, Dr. Nagel.

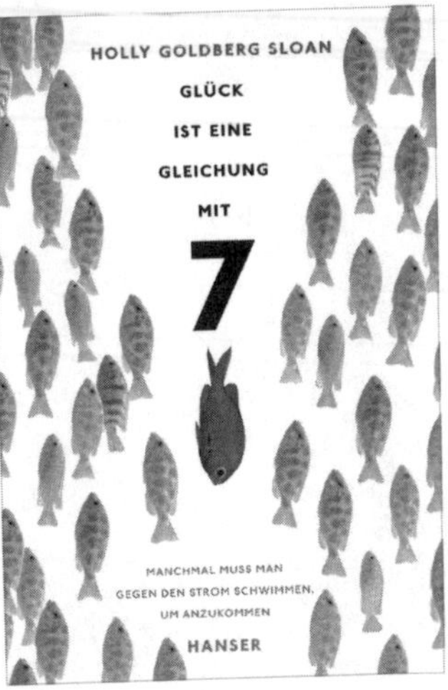

»Wie es sein könnte, wenn jeder nur ein bisschen über seinen Schatten spränge – diesen Traum spinnt die Autorin zur unterhaltsamen Seelennahrung gleich einem Stück Schokolade aus.«

Der Tagesspiegel

Willow ist ein Energiebündel, denkt immer positiv und interessiert sich für alles: Sie studiert das Verhalten von Fledermäusen, züchtet Zitrusfrüchte im Garten und begeistert sich für die Schönheit der Zahl 7. Ihr größter Wunsch ist es, gleichaltrige Freunde zu finden. Dafür lernt sie sogar Vietnamesisch. Doch dann verunglücken ihre Adoptiveltern bei einem Autounfall. Es ist wie ein Wunder, wie Willow mit ihrer Art zu denken – ihrer Hochbegabung – und ihrem ungebrochenen Charme ihre Welt zusammenhält. Dabei verändert sie das Leben aller, die sie trifft, und jeder Einzelne entdeckt, welche Kräfte in ihm stecken.

»Holly Goldberg Sloan inszeniert, wie soziale Intelligenz Leben wandelt. Staunend liest man mit, wie verschiedene Menschen aus fast ausweglosen Situationen herausfinden, indem sie über sich hinauswachsen und im Zusammenleben glücklich werden. Das stärkt, sogar beim Lesen.« *Tages-Anzeiger*

Holly Goldberg Sloan
Glück ist eine Gleichung mit 7
Aus dem Englischen von Wieland Freund
336 Seiten. Gebunden
Auch als E-Book lieferbar
Als Hörbuch bei Hörbuch Hamburg, gelesen von Jodie Ahlborn